맛을 보다

국립중앙도서관 출판시도서목록(CIP)

맛을 보다 : 양애경 시집 / 지은이: 양애경. -- 대전 : 지혜, 2011
    p. ;   cm. -- (지혜사랑 ; 053)

ISBN 978-89-97386-01-7 03810 : ₩10000

한국 현대시 [韓國 現代詩]

811.7-KDC5
895.715-DDC21   CIP2011005463

지혜사랑 053

맛을 보다

양애경

시인의 말

공주에 있는 학교에 가다가 계룡산 자락 도로에서 너구리를 보았습니다. 갈색 몸을 고통스럽게 웅크리고 갓길까지 간신히 움직여 거기서 멎어버린 어린 너구리입니다. 얼마나 무서웠을까. 얼마나 아팠을까. 순간, 저는 운전대를 잡은 채로 흑, 하고 흐느끼다가 정신을 붙들어 다시 앞만 보며 달립니다. 고운 것만, 좋은 것만 보며 살고 싶습니다. 하지만 세상이 그렇지 않습니다. 얼마 전에는 청벽다리 위에서, 교통사고로 떨어져 나간 사람의 한쪽 다리를 가까이에서 정통으로 보고 말았습니다.

제 시의 말들이 직설적이 되어버린 것은 이 세상이 두렵고 고통스럽고 위험에 가득찼기 때문입니다. 제 시가 단순하고 평범해 보인다면 그것은 제가 느끼는 아름다움과 행복이 단순하고 평범한 것에서 오기 때문입니다. 요즘 저는 말을 꾸밀 수도 없고 좋은 생각을 지어낼 수도 없습니다. 제게 찾아오는 이 시들은 진짜배기니까요. 저는 그저 이 시들을 받아 적는 사람에 불과한 것 같기도 합니다.

우리보다 전에 살았던 사람들도 우리와 같은 생각을 하며 같은 삶을 살았겠지요. 힘들고 두려워도 절망보다는 희망을 더 많이 이야기하고, 증오보다는 사랑을 더 많이 하며 살아겠지요. 그래요. 우린 지금 살아있다는 것만으로도 강한 사람들입니다. 우리가 사랑하는 사람을 보호하기 위해서, 함께 행복하기 위해서 앞으로도 강하게 살아가야 합니다. 다리 위의 그 사람도 치료를 받아서 다시 걸을 수 있을 거라고 생각해 봅니다. 쌩떽쥐페리가 『어린왕자』에서 썼듯이, 그런 생각을 하는 날이면 하늘 위의 별들이 일제히 웃는 소리를 냅니다.

2011년 12월

차례

2부 어린 벚꽃나무가 꽃피는 밤

3부 암벽 속의 구름

4부 조용한 날들

1부

피어싱

피어싱

여자가 된 증거로…
귀를 뚫을까요?
오, 천만에!

뚫은 귓불을 보여주며
여자가 된 증거로 해야 된대서요…
귀엽게 종알거리는 여자아이의
조그만 귓불은 귀걸이의 무게로 내려앉아 있다

　－ 안 무서웠니?
　－ 무서웠죠 친구가 뚫어줬는데, 장난 아니었어요
　－ 안 아팠니?
　－ 따끔했죠 근데요 그 친구는 자기 귀도 자기가 뚫었
대요
　－ 와, 진짜 무섭다아…

동그란 금붙이가 달린 귓불은 환하게 반짝거린다

여자아이의 눈도 즐겁게 반짝거려서,

마음은 꿰뚫리지 말고…
준 마음을 소중하게 여기는 남자에게만 내어주고…
정작 하고 싶은 말은 꿀꺽 삼키고서

　- 너무 무겁고 큰 귀걸이는 하지 마 가벼운 게 좋아
나는 그저 그렇게만 말할 수밖에
　- 네에 그럴게요
여자아이는 귀엽게 대답했다

이국적인 실루엣로맨스에서
몸을 뚫어 황금 장신구를 단,
할렘의 아름다운 여자노예가
마침내 남자의 안주인이 되었었던가?

그러나 남자들은 종종 묻는다

너를 꿰뚫었으니

이제 네것은 모두 내것이 되는 거야?

브래지어

장맛비 몰려 다니는 사이로
잠깐씩 드러나는 파란 하늘
잔인한 폭포처럼 퍼붓는 햇볕 아래
대기 전체가 옥수수 찜솥처럼 김을 올리고 있어요

가슴을 조인 끈을 풀어버려요
스폰지, 에어, 실리콘도 뽑아버려요
그리고 후우… 숨을 크게 쉬어요
조였던 가슴이 아코디언 주름처럼 펴지면서
신선한 공기가 몸 가득 들어와 퍼지게요

무슨 죄를 지었을까요
잘 익은 하얀 복숭아처럼
둥글고 실한 죄밖엔…
달려가면 아래 위로 묵직하게 출렁거린 죄밖엔…

벗어버려요

대신 헐렁한 블라우스 가슴 위에
커다란 주머니를 하나씩 달아요

그리고 걸어가 봐요
아무리 인색한 바람이라도
살갗과 옷감 사이로 스며들 수 있게요
풀향기도, 물소리도 스며들 수 있게요
두 개의 유방이 강물처럼 출렁거리게요

심장에 피를 가득 퍼올리고
허파에 산소를 가득 채워요
원죄原罪도
장식도 아니에요

나를 풀어주세요

팬티 속의 비둘기

잿빛 구름이
널어놓은 젖은 이불처럼 지평선에 늘어진 날,
머리 감은 후 새 팬티 꺼내 입었다
부엌에서 나와, 딸의 방에 들어온 엄마 왈,

　- 스타이*가 좋네
　　검은 팬티를 입으면 날씬해 보여
　　날씬하게 보이고 싶을 땐 꼭 검은 팬티를 입어라 이~

딸 왈,
　- 검은 팬티 입을 일도 없어
　　일 생기면 그럴게~

짙은 곤색에 비둘기가 그려진 면팬티를 입었을 뿐인데
엄마는 검은 팬티라고 하신다
곧 큰 비가 오려고 하는데
내 팬티의 회색 비둘기들은

어디로 날아가려고 하는 걸까

막 장마가 시작되려고 하는
여름 아침 한 때

* 스타일 style.

맛을 보다

어릴 적 아버지만 드시던 꿀단지
하얀 자기磁器 뚜껑은 끈적끈적
아버지가 찻숟갈로 꿀을 떠먹고
혀를 휘~ 돌려 숟갈을 빨고는
다시 한 숟갈 뜨는 걸 보면
'더러워라' 하고 생각했지만

그래도
나중에 혼자 다락에 올라
훔쳐 먹는 꿀맛은
달콤하긴 했지

하긴 꿀은 벌들이 빨아먹은
꽃꿀과 꽃가루를 토해낸 거잖아
침투성이이잖아
아니, 침 그 자체이겠네

키스는,
상대의 침을 맛보는 일
맛을 보고서
'아, 괜찮네' 싶으면
몸을 섞기도 하고

몸을 섞는 게 괜찮다 싶으면
아이를 만들기도 하잖아

몸과 몸끼리
서로를 맛보는 일
어차피 침투성이
더러울 것 하나 없겠네

첫 뺨

벌써 40년 전
여자중학교 1학년생 처음 하복 입은 날이었어요
3년 동안 입을 옷이었기 때문에
검정 치마가 치렁치렁 발목까지 내려왔구요
하얀 교복 블라우스 밑에서
가슴이 꽃 떨어진지 한 달 된 풋복숭아 같았지요

토요일이라 한낮에 수업이 끝나
친구와 깔깔대며
대전고등학교 지나 대흥동 오거리 교차로를 건너고 있
었어요
거의 다 건넜을 무렵 무심히 고개 드니
남자 하나가 덮쳐오고 있는 거예요
정신 차리고 보니 그 남자,
한쪽 뺨에 쪽~ 입을 맞추고 히히거리며
벌써 저만큼 멀어지고 있었어요

얼핏 본 뻘건 눈동자에 산발한 머리만으로도
집에 들어간 지 오래된 사람 같았어요
아니, 집도 없는 사람 같았어요
세상에 그 입냄새
대체 며칠을 안 닦으면 그런 냄새가 나는 걸까요

뺨에 묻은 침과 냄새를 지우려 고생고생하며 걷는데
옆의 친구계집애, 되지못하게
'너 안 우니?' 라고 자꾸 묻는 거예요.
그럴 땐 울어야 하는 건지
왜 울어야 하는 건지
그 계집애, 지는 뭘 알긴 알았던 건지

하긴 그 입냄새
여름에 역 앞 벤치에 누운 사람들 앞을 지날 때
아직도 끈질기게 따라오곤 해요

내 첫 뺨을 훔친 노숙자 아저씨
아마 이제 지상에 안 계시지 싶은데
저 세상에서
이는 닦으셨는지요

바바리맨의 추억

여자고등학교 2학년 때였나 봐요
대전 혜화병원 뒷길였는데요
골목 속에서 웬 남자 하나 다가오고 있었는데
토요일 오후 해는 이슴이슴하니 저물어가고요

석양의 무법자처럼 해를 등지고
남자가 스물스물 다가오고 있었는데요
웃음을 베어문다 싶더니

그게 뭐였을까요? 마치
하얗고 긴 꼬리가 다리 사이에 붙어
너울너울 흔들리고 있는 것 같았는데요

뭔지도 모르면서
뱀 본 개구리처럼 얼어붙어 있다가
후닥닥 튀어 도망갔는데요
여전히 뒤에서 흔.들.흔.들…

인터넷에서, 남녀가 어떻게 생겼는지 리얼하게 보게 된
지금도 모르겠는데요
대체 그때 저는 무엇을 본 것이었을까요?

텐*

보 데릭은 10점 만점에 10점인 몸매를 가진
황홀한 여자
2PM은 '십쩜 만쩜에 십쩜~' 이라고 소리치는 터프가이
소년들

무언가를 원하는 듯한 눈길
검은 아이라인
말은 하질 않고
뚫어져라 바라보는, (우린 녹아버리지)

그리고 노란 털과 섞인 하얀 털
쫑긋한 귀
단지 개라는 것만으로도 7점은 먹고 들어가는
우리집 강아지처럼

나도 여자라는 것만으로
7점은 먹고 들어가

사랑스러워 쩔쩔매는 남자를 만나고 싶어

당신도 남자라는 것만으로
당신한테 반해 쩔쩔매는 여자, 만나고 싶지?

누구나 자신의 '자기' 앞에선
10점 만점에 10점이 될 수 있어
이 세상에 존재한다는 것만으로 7점이고
3점은 앞으로 천천히 따도 되니까…

그래서 우리는 모두 텐

---

* 「Ten」: Blake Edwards 감독이 1978년에 제작한 영화. 최고의 미인을 이상형으로 쫓는 남자의 심리를 그린 코미디물. 보 데릭 Bo derek이 10점 만점에 10점인 여인으로 등장한다.

버진 팁

새 화장품 뚜껑을 열면
입구에 얇은 알미늄 껍질이 달려 있지
그것을 잡아당겨 뽕! 떼면
그제서야 크림을 짤 수 있지
그걸 버진 팁virgin tip이라고 한다
새 제품의, 그러니까,
처녀막

처녀막을 잃으면 시집을 못 간다고,
테스*는 딱 한 번의 일로 임신까지 해서
아이를 낳고, 잃고…
운명적인 남자를 만나 결혼까지 했는데
첫날 밤 예전 일이 들통 나 버림받고
결국은 살인범이 되어 사형대에 올랐으니
아이고, 처녀막…

남자에게 손목만 잡혀도 큰일 나는 줄 알았고

꿈속에서 멋진 남자를 만나도 순결을 잃을까 봐 놀라 깼다

하긴 누구라서 새것을 좋아하지 않을까
온전한 내것을 좋아하지 않을까
새로 정들인 내것,
내 손길만 얌전히 기다리고 있는 내것
아무에게나 꼬리치는 애완견보다
주인 아니면 거들떠보지도 않는 거만한 개가 주인에겐
더 예쁜 것처럼

버진 팁,
여자들도 누군가의 동정을 떼어주고 싶다
동정을 떼어주고
평생 다른 여자 손길 타지 않게 지키고 싶다

하지만
누구든지

제품 취급 당하는 건 싫으리라

* 토머스 하디 소설 「테스」의 주인공.

왕년의 미인

은행에서
번호표를 뽑고
차례를 기다리다가 앞 차례 고객을 본다

오, 세상에!
풍부하게 부풀린 갈색 커트 머리에
무릎까지 내려오는 세련된 니트 코트에
스키니진에
어그부츠까지 신었는데

힐끗, 돌리는 얼굴은 핏기를 잃고 쪼글쪼글
바구니에 담겨 겨울을 난 양파 같다면

오, 세상에!
마음은 이제 갓 서른 살을 넘었는데
목은 진주목걸이 같은 주름을 걸고
머리칼은 표백제에 담가 대충 주무른 것 같다면

그녀, 거울 앞에서 얼마나 놀랄까
도저히 받아들일 수 없는 자신의 변한 모습에

순간 그녀, 나를 보고 씩 웃는다

그래, 시간은 공평한 것
한 때 사람들은 우리에게
이유 없이 친절했으나
이유 없이 불친절할 세월도 왔다

하지만 적어도 우린 장차
명랑하고 쓸모 있는 할머니가 될 수 있다구
나무 둥치가 고목이 되면
이끼와 벌레를 듬뿍 품을 수가 있잖아?

어이, 친구
기죽지 말자구!

소리 없는 대화를 마치고

그녀와 나는 각기 다른 문으로 은행을 나섰다

하얀 햇살이 직선으로 쏟아져 오는 3월 한낮의 일이다

씨 없는 수박

비 오다가 불볕 쏟아지다가
갓 구워낸 빵이
두 시간 만에 탄력을 잃고 허물어지고 마는 날
더위를 먹고 말았다
갑자기 머리끝까지 열이 솟구쳐 정신없이 옷자락을 풀어헤치다가
식은땀 흘리고 나면
뼛속까지 시려 이불을 끌어당기다가

수박도 밭째로 뭉개졌는지 가격이 치솟아
벼르고 별러 한 덩이를 샀다
꼭지 쪽으로 썰어 뚜껑을 떼어 보니 뻘겋긴 한데
달지 않은 것도 아닌데 서늘하지도 않아
찜찜한 맛이다

엄마와 둘이 수박덩이를 더 잘라본다
씨는 생기려다 만 듯 노란 찌꺼기 조금

까맣게 되다 만 씨 두어 개
그래도 명색이 씨 없는 수박인가 보다

물 철철 흐르는 음식물 쓰레기만 잔뜩 쟁반에 남긴
수박, 못생긴 머리통을 노려보다가 내가 말한다

　- 하긴, 수박은 무슨 재미가 있겠수
　　식물도 씨를 퍼뜨리려고 꽃도 피우고 열매도 맺는
것 아니우
　　씨도 못 만드는데 수박이 맛이 있고 싶겠어?

엄마가 대답하신다
　- 지당하신 말씀

망가진 미인

그때 그녀 훤칠한 키에
새카만 머리가 허리까지 내려온.

긴 검은 부츠 위에 레깅스에 싸인 날씬하게 뻗은 다리
가느다란 허리와 작은 엉덩이
꼭 맞는 흰 와이셔츠에 라인이 많이 들어간 자켓

그런 차림으로 나를 향한 채
하얀 얼굴에 쓴 커다란 선글라스를
섬섬옥수로 벗어 들었을 때

눈가에 커다란 멍 자국이 보였다
얻어맞은 지 좀 되었는지 반쯤은 색이 빠지고 있는

그녀 나를 바라보았다 방심한 듯
조금은 뭐 어떠냐는 듯
망가진 게 오히려 마음 편하다는 듯

잘못 본 것일까? 그녀의 그 표정은
생각해 보면 조금은 내심 즐기는 듯한
붉은 립스틱을 칠한 입가에 금방 웃음이 떠오를 듯한
조금은 거만하기조차 한

그런 미인에게 손찌검을 한
미지의 야만스런 사내가 보일 듯하고
그 사내에게 애정과 증오를 흠뻑 받고 있는 그녀가 보일
듯하고

그녀에게 동정과는 전혀 다른 느낌을 강요당하는 것 같아
나에겐 네가 전혀 모르는 세계가 있어, 라고 말하는 것 같아

망가진 미인
완벽한 상태의 미인보다 더 강적強賊인.

산 밑 모텔

분홍 꽃을 가득 피우고 선 산복숭아나무 곁
소나무 가지에 손을 짚고 서서
꽃에 엉겨붙은 벌 한 마리를 본다

날개도 짧고
시커멓고 둥글한 체형에 솜털이 부설부설 난 게
동네머슴 같은 벌 한마리가
농익은 연한 꽃잎 속 꽃술에 파고 들어 빠느라고 한창이다

영원히 산다면 이렇게 힘쓰지도 않으리
라고 하는 듯
움칠, 움칠, 옮겨 앉으며

2부

어린 벚꽃나무가 꽃피는 밤

어린 벚꽃나무가 꽃피는 밤

괜히 신경이 서는 날
어린 벚꽃나무 한 그루를 생각한다

가느단 손가락 마디마다
물에 갓 씻은 銀같은,
보름날 달빛 같은 꽃봉오리를 달고
몸은 흑단빛,

뭉크의 「사춘기」에 그려진
이제 막 몽긋 부풀어오르기 시작한 젖가슴과
하나로 꼭 붙인 가늘고 긴 다리를 가지고
불안한 눈빛을 한 소녀

그 소녀
어린 벚나무 밑둥에 묻혔다
유린당하고 목 졸려 살해되어

하늘은 진즉 어둡고
어두운 자주색 능선 위로
봄이 올 듯
밤공기가 뿌옇게 서성이는데

기름진 산흙 속에서
소녀의 하얀 허벅지가 분해된다
긴 갈색 머리카락은 아직
어느 벌레도 먹지 못했다

괜히 자다 깨어 잠 오지 않는 밤
눈을 감으면
어린 벚꽃 봉오리에서
팝콘처럼 하얗게 하얗게
꽃잎이 밀려나오는 게 보인다

일시에 쏟아져 내렸다

가죽부츠

크리스마스 휴일,
왁자한 소리, 열기로 후끈 달아오른 식당
카운터 앞에
손님이 벗어놓은
부츠 한 켤레 서 있다

진한 갈색 가죽으로 된
발가락, 발등,
그 위로 발목, 종아리, 무릎까지
신은 사람 없이도 단정히 서 있다

엊그제 죽은 여자 하나
현관에 스며들다 부츠를 보고,
아이, 추워
가만히 발을 넣어본다

투명하게 언 발가락,

발등, 발목, 무릎을
차례로 부츠에 담는다

김과 담배연기로 뿌옇게 흐려진 실내
모든 소리가 섞여 분간할 수 없는
테이블마다 머리를 맞대고 앉아
술잔과 음식과 대화를 나누고 있는 사람들을
여자는 가만가만 돌아다 본다

아무에게도 속해 있지 않은 여자
누구도 알아채지 못한다

남자와 함께 살던 아파트 현관에서
얻어맞고 맨발로 내쫓겼던 여자
아이, 따스해라
부츠 속에 서서
잠시 쉰다

갈색 모피 코트를 걸치고 나온
중년부인이 발을 넣자
물색없이 부츠에서 빠져나오는 여자,

메리 크리스마스!
현관을 열고
김이 퍼져 나가는 외부로
그녀의 몸을 뚫고 지나가는 사람들
아무도 보지 못한다

문간에 엉거주춤 서 있는,
여자의
파랗게 언 영혼

아씨들

출근길에 마주친다
오토바이 타고 차배달 가는 아씨들
속치마 같은 초미니 스커트에 등을 훤하게 내놓은 채
굽이 뾰족한 슬리퍼를 신고
보자기를 들고 오토바이에 앉은 모습
같은 여자가 보기에도 뜨겁고 아슬아슬해
아씨나 나나 출근 중인데

단란주점, 티켓다방, 방석집, 안마방, 노래방,
아가씨, 도우미, 원조, 미시…

여교사, 여의사, 간호사, 여사무원, 경리, 아줌마, 여주
인, 주부…

이 사람들은 어디서 길이 갈렸나
그런 일은 절대로 할 수 없는 여자와
그런 일에 종사하는 여자가 따로 있는 걸까

천성인 걸까

남자동료들과 함께 한 술자리가 이슥해질 무렵
날개옷을 걸친 듯 사르르 들어오던 아씨들이
동석한 우리를 보고 움찔하며
상처 입은 표정을 하듯이

우리 또한
좀처럼 손에 들어오지 않는 저 복잡한 별 같은
남자들을 어린애 다루듯 하는 그녀들이 까슬까슬해

남자들은 저 아씨들에겐 관대해
아씨들을 귀여워 해
우리와는 더치페이가 고작인데
뭉텅이 돈을 지불할 만큼

우리는 어디서 길이 갈렸나

저 열어놓은 꽃술에서 풍기는 향기와
하루하루 묵묵히 견디는 우리의 노동

아씨들은 존경을 원하고
아내들은 사랑을 원하고
일하는 여자들은 지지를 원하는데

남자들은
아씨들에겐 일부종사
아내들은 꽃이기를
여자동료는 비서처럼 늘 뒤에만 서 있기를 원하는 것 같
아서

아무도 원하는 것을 얻지 못하는 혹성에
햇살은 골고루 지루하게 내리고
바람은 야호! 소리 지르며 빌딩 사이로 돌아 사라지고
하늘의 아득한 향기가

지하도 하수구 안으로 끌려들어가 악취가 되는데

아씨들은 오토바이에 비스듬히 앉아 시들고
일하는 여자는 사무실 PC 앞에서
주부는 싱크대 앞에서
천천히 시든다

지옥 신문을 읽다

동그랗고 순한 눈들
똑같이 갸름한 네 개의 하얀 얼굴
길고 곱슬곱슬한 머리칼

사랑스러운 그녀들이
언제
머리를 박살내어 질질 끌고 가서
공동묘지 한 구석에 암매장해야 할 괴물들로 변했나

팀을 승리로 이끈 4번타자가
언제 사기꾼, 강도, 연쇄 살인범이 되었나

호의를 표시하던 웃음들이
환멸과 증오로 일그러지고
행복한 순간을 선물하던 돈이 징그러운 마물魔物로 변한
순간
굳세고 믿음직하던 손이

방어할 줄 모르는 목을 졸랐다

가방 하나에 엄마
가방 둘에 둘째 딸
가방 셋에 셋째 딸
가방 넷에 큰 딸

남에게 지는 것,
초라하게 사는 것은 절대로 참을 수 없는 허영심
세상이 자신을 속였다는 증오
수치스러운 카메라 플래시가 펑펑 터지는 환상 속에서
강물에 몸을 던진 남자
흐린 물 속에서 건져올린,
아직도 남은 원한으로
양 주먹을 부르쥐고 죽은 남자야

그 손으로 너는

자신의 욕망을 조여야 했다
돈의 목덜미를 졸라야 했다

지옥 신문을 읽는다
지옥을 경험한 남자
지옥을 경험한 여자
지옥을 경험한 아이들과 함께

지옥 방 한 칸에 세 든다

킬링머신을 타고

비 젖은 길을 달려가니
갈색의 새 한 마리 바닥에서 필사적으로 기는데,
그러나, 다친 너의 '필사적'은
자동차의 속도와는 너무 달라
아, 어쩌면 좋니
내 차는 벌써 5미터는 미끄러져 갔고
네 여린 날개짓이 차 바닥을 치는 희미한 소리

미안해, 아가
미안해, 아가

벌써 차는 100미터는 지나갔겠네
뭉개진 작은 동물들의 시체가
차 옆, 차 앞, 길가에 즐비한데
한 마디 애도할 틈도 없이
차는 시속 60킬로미터로, 80킬로미터로, 110킬로미터로
달리네

이 별에서는 왜 이렇게 바쁠까
분주히 정신없이 달려도
그저 밥이나 먹을 뿐인데
모두들 저 예쁘고 가련한 것들을 짓이기며

아, 이 별은 왜 이렇게 바쁜 건지
잔인한 건지
본의本意가 아니었다고 중얼거려도 때는 늦었네
우리는 킬링머신을 모는 킬러들

도망치다

산 속에 있는 학교,
겨울방학이 끝나가는
2월, 금요일
서류와 씨름하다 문득,
밤 11시 5분
교사 건물 한 층에 혼자 남았다

연구실 불 *끄고*,
여자화장실 불 *끄고*
남자화장실 불 *끄고*
후면, 정면, 측면 불 *끄고*
엘리베이터 대기하고 있는 것 확인하고
달려가 하나 남은 복도 불 *끄고*

아!
엘리베이터 단추가 보이지 않는다!
더듬더듬

손가락에 닿는 벽의 부위들이
눈으로 확인되던 벽과 너무 다르다
다시 복도 불 켜고 간신히
엘리베이터 문을 눌러 탈출한다

언덕에 세워놓은 자동차에 타고
시동 걸고,
성에 낀 유리창을 와이퍼로 닦고
출발한다

하늘 정면에 커다란 하얀 별,
유성처럼 흘러내릴 것 같다

언덕을 미끄러져 내리는 자동차
높은 턱에 닿을 때마다
삐그덕
스르르…턱

쿵,
트렁크 안에서 움직이는 물체가 있다

계기판의 야광시계는 밤 11시 15분
다시
삐걱,
스르르…턱
쿵

낮 동안
어떤 연쇄살인범이
여자의 잘린 허벅지를
내 차 트렁크 안에 담아 놓았나

용서할 수 없는

경기도 어느 시골 마을 끝집에 산다던 선진아
아담한 몸매에 볼이 봉긋하고
가무스름하고 고운 피부에
눈을 내리깔고 슬쩍 웃으면 보조개가 폭 파이던 선진아
아버지가 몸이 불편해지시면서
철이 일찍 났다던, 그래도 가족의 정을 듬뿍 받고 자란
티가 나던
제자 선진아

대학을 졸업하고 1년 후, 너와 함께 졸업한 아이들의 전
화를 받았다
네가 죽었다고, 장례에 가야 한다고, 울음에 메인 목소
리로
나는 네 장례식에 가지 못했지만
그후 해마다 마음으로 가 본다

네가 물에 반쯤 잠겨 떠 있었다는

경기도 어느 다리 밑 물웅덩이
타살이라는 증거는 없다고 말하던 경찰의 목소리

밤 11시 넘어 서울의 직장에서 퇴근하고
차가 끊어졌지만 집에는 들어갈 거라고 네가 집에 전화
를 했다는데
뜬금없이 네가 왜 자살을 했단 거냐고 울부짖는 네 어머
니의 목소리
회복할 수 없는 칼질을 당한, 양지바른 산 밑 마을 끝집
에서

몇 달 후 그 지역에서 몇 명의 여자를 살해했다는 택시기
사가 잡혔지만
그는 너의 일까지는 끝내 말하지 않았다

선진아
네가 첫 월급 타면 어머니께 사드리려던 붉은 속옷

선진아 네가 첫 월급 타면 친구들 만나 사주마 했던 낙지
볶음
　선진아 네가 편하게 해드리겠다던 장애를 가진 아버지
　네가 언젠가 듬직한 남자 만나 꾸리려던 너의 가정

　선진아 우연히 만난 참새의 목뼈를 으스러뜨리는 짓궂
은 아이처럼
　너를 으스러뜨린 사람은
　너의 생명과 젊음을 빼앗는 것을
　몇십 분 간의 즐거움으로 삼았다
　단지 몇십 분 간의

　그래서 나는 그놈을 용서할 수 없다
　　-대체 너 누구냐

너와 함께
-핵 위험 시대의 교제법

네가 있는 것이, 내게는 재앙이야
잠도 못 자고,
머리는 헝클어지고
옷깃마다 허연 부스러기가 묻어 떨어지지도 않아
너랑 한번 문지르면 지독한 냄새가 배어
씻어지지도 않아
너는 길들여지지 않으니까
너는 세상의 질서를 네 식으로 바꾸니까

너와 함께 있으면 사람들은 나를 힐끔거리며
저만큼 피해 지나가지

그렇더라도, 네가 있는 것이 좋아
그렇더라도,
그렇더라도,
너와 있는 것이 좋아
너와 있는 것이 내게 재앙이라도

지구가 쾅! 하고 한번에 사라진다 해도
너와 함께 간다면 괜찮아

그날
바다 위에 증발한 수증기처럼
우리 분자 구조가 섞여 버리지…

생존자들

30여년 만에 만난 여고 동창생들
한 아이가 졸업앨범을 가지고 왔다

  – 얘하고 얘하고 얘…
    너 얘 알지?

알고 말고
한 동네 살던 애
덜렁거리고 명랑해서
곁에 있는 것만으로도 구름이 걷히던 애

  – 얘네 아버지가 미군부대 다녀서
    얘네 집 가면,
    우린 먹어보지도 못한 음식이 쌓여 있었잖아

그애가 옥상에서 뛰어내렸다고 한다
면소재지 고등학교 교사 하다가

4살 연하 체육교사하고 결혼해 애 낳고 살다가

  – 애,
    생각보다 그런 애들이 많더라

그래, 친구야
우리는 생존자들이야
병들어 죽고
사고로 죽고
뛰어내리기도 하고
그렇게 먼저 간 사람들이 의외로 많지

우리가 소풍길에 거쳐 갔던 곳
산내 골령골*에선 한국전쟁 때 학살당한 사람들이 이제
야 발굴되었는데
가로 2미터 세로 4.5미터 구덩이에
깍지 끼고 무릎 꿇은 상태로 30명이 들어있더라잖아

골짜기 곳곳에 아직도 수천 명이
50년이 넘게 무릎 꿇고 서로 팔을 엮은 채로
포갬포갬 엎어져 있다잖아
그 위에서 농사짓고, 건물 짓고 사는 땅주인들이
파헤치지 못하게 해서 나올 수도 없다잖아

우리는 생존자
기막힌 일을 당해서
사람들이 우리를 어떻게 위로해야 할까 걱정되어 고개
를 돌리고
얄팍한 사람들은 힐끔힐끔 속으로 웃으며 구경하더라도
결코 고층건물 난간 밑으로 뛰어내리지는 말자

남들이 다 저 사람은 어떤 마음으로 살아있다지? 라고 생
각할 때라도
풀 한 포기의 향기, 입 안에서 녹는 밥풀 하나의 단맛으
로도

사는 게 좋다고 여겨질 때 있잖아

광장시장에 가면
좌판 순대국밥집에 나란히 앉아 순대국 한 그릇씩 하는
어른들 계셔
싸고 뜨끈한 음식 한 그릇 놓고
틀니 없으면 잇몸으로 천천히 맛있게 드시는
그분들은 진짜배기 생존자들

우리도 30년 후
광장시장 순대국밥 좌판에서 만나자
짹짹 참새들처럼
나이 들지 않는 수다를 늘어놓으면서

그때까지,
살아남자꾸나

* 대전 산내 골령골은 1950년 7월에 대전 형무소 재소자, 보도연맹원 등 좌익으로 추정되는 민간인 최고 7000명이 군경에 의해 학살, 암매장된 곳으로서, 2007년 7~8월에 '진실화해를 위한 과거사 정리위원회'에 의해 시범 발굴되었다.

동네 사람

말다툼 끝에 주먹질
주먹질 끝에 아내를 죽이고 만 남자를 안다

자그마한 체구에
조용하고 침착한 인상
어디에나 있을 것 같은 이웃이다

큰아들은 어머니 무덤에서 목을 매고
둘째아들은 실성 실성 하다가 정신 붙들어
어찌어찌 대학은 나왔다던데

남자는 예쁘장한 아낙이랑 재혼해 산다

새 아내에게 어찌 사냐고 물으니
　－ 비위 거스르지 않게 조심하지요,
　　우리는 한번 큰소리 나면 끝이니까요

그런 남자랑 사는 게 무섭지 않으냐고 하니
   – 그래도 남자 없이 사는 것보단 나아요

남자가 뭔지
여자란 뭔지

화가 나다가
슬그머니 서글퍼졌다

의붓딸

여자중학교 2학년 교실
두 번째 줄에 앉은 아이
하얀 피부에
반짝이는 갈색 눈동자
운동회 날에는
반바지 밑으로 동그란 무릎이 눈부시고
합창할 땐 천사처럼 노래해서
왠지 이 세상사람 같지 않던

갑자기 가슴을 쥐고 쓰러졌다
숨을 못 쉬는 아이를 응급실로 데려가
산소호흡기 달고 애타게 지켜보는데
좀처럼 아이엄마가 오지 않았다

마침내 도착한 여자는 아이를
집어삼킬 듯 노려봤다
염색이 지워져가는 갈색머리와

긴 손톱에 다 벗겨져가는 빨간 매니큐어
저 여자가 저 아이 엄마 맞나 싶었다

이런 저런 검사 끝에 의사는
스트레스 때문인 것 같다고 했고
여자는 숨이 돌아온 아이를
병아리 나꿔채듯 우악스럽게 데리고 갔다

아이는 이렇게 썼다
아버지 돌아가신 후
엄마가 새로 시집을 가셨는데
할머니 할아버지와 살다가 엄마가 너무 보고 싶어서
엄마와 새아버지가 사는 집을 찾아갔습니다

많이 떨렸는데,
안녕 안녕하세요 라고 인사하고 엄마와 살고 싶다고 하니
오, 네가 진이냐? 예쁘게 생겼구나

새아버지께서 허락하셨습니다
저는 엄마와 함께 살게 되어 행복합니다

아이는 착한 아이가 되려고
그렇게 열심히 공부했던 것일까?
아이는 깨끗해지려고
그렇게 천사처럼 노래했던 것일까?

얘야, 네 잘못이 아니야
얘야, 너는 가만히 있어도 착한 아이야

우등생이었지만
졸업 후 기숙사가 딸린 산업체 고등학교에 간 아이
하얗게 달구어진 햇볕이 운동장에 닿아
훅 하고 흙냄새를 끼치는
5월 하순이면 문득 떠오른다

그 아이의 맑디맑은 눈동자
나의 부끄러움

3부

암벽 속의 구름

암벽 속의 구름

중국 낙양에서 백마사 방향으로 나가면
수천 년 묵은 석회암 절벽지대가 있고
거기엔 작고 큰 자연동굴 수천 개가 있어
수백 년 전의 크고 작은 부처님 상이며 그림이며
수백 년 전에 거기 살며 섬기던 사람들의 자취가 남아 있
지요

동굴이야 수천 년 그 자리에 있었지만
사람이야 어디 백 년을 살려구요
죽고 다시 태어나 향 피우고
죽고 다시 태어나 보살 하나 새기고
동굴 임자들은 자주자주 바뀌며
그렇게 오래 지나왔지요

제가 전생에 살던 별은 안드로메다 성운에 있는,
지금 사는 은하계와 쌍둥이 은하계
지구의 쌍둥이 별이었는데

그때의 제 반려와는 정말 행복한 일생을 지냈고
지금도 선잠을 깰 땐, 그 사람 생각에 빙긋 웃곤 하지요
지금 생인지 그때의 생인지 잠깰 무렵엔 잘 분간이 안 되
거든요

이 별에 태어나 보니 그때의 반려는 저와 다른 시간대에
태어났는지
아니면 먼 지역에 떨어졌든지
아직 만나지를 못했구요

가끔가끔 사랑한다던 남자들 있어
혹 이 사람이 그인가? 한 적도 있었지만
아마 그가 아니라 제가 전생에 빚진 사람들이었나 봐요

제가 이 별에서 살 날, 아직 좀 남았는지요
몇 백 년 전, 동굴 안에 살며 기도하던 사람처럼
몇 개의 흔적을 벽에 그리고 간 후

그리고도 몇 백 년이 흘러간 후

동굴 밖에서 물끄러미
제가 그린 꽃 그림, 구름 그림 몇 개
들여다 볼 누군가가 있을까요?
그의 커다란 검은 눈이 시간을 통과하여
제 웃음과 슬픔을 꿰뚫어 볼 수 있을까요?

자다 말고

밤 12시쯤
꾀꼬리가
꿈결 같은 목소리로 울었다

새벽 2시쯤
박새가 잠투정을 하고
새벽 4시쯤 다시 꾀꼬리가 몽정하듯 울고

새벽 6시쯤
까마귀 한 마리 아악- 아악- 울며 지나가는 소리
참새 혼자 깨어나
적적해서 우는 소리

며칠간 계속된 장마 비에
피할 곳도 없이 젖고 있더니
오랜 만에 개인 밤

네모난 검정 도화지 같은 불면不眠에
명주실로 밤새 작은 새들이 수놓은 소리들

자다 말고
자다 말고
무슨 할 말이 그렇게 많은 거니?

코제트*

정월, 겨울비 내려
오래된 얼음 깊숙이 녹이고 있는데
가지 잘린 자두나무
가느다란 손가락 마디마디가 붉게 부풀어 있었어요

어둑해지는 마을 밖 샘터에서
여인숙의 어린 하녀 코제트가 물을 긷다가
붉게 얼어터진 손마디를 입김으로 호오호오 녹이고 있
었어요
무거운 두레박이 자꾸 언 손에서 미끄러졌거든요
물을 엎지를 때마다
코제트의 누더기는 얼음갑옷처럼 얼어붙었지요

아이는 몰랐어요, 엄마가 이미 세상 떠났다는 것을. 미혼
모인 팡틴, 여인숙에 아이를 맡기고 양육비를 버느라 여공
이 되었고, 행실 나쁜 여자라고 공장에서 쫓겨나 창녀가 되
었고, 여인숙 주인이 연달아 아이가 아프다는 둥, 하며 돈

을 뜯었기에 앞니 두 개를 뽑아 팔았죠. 20대 나이에 노파 얼굴이 된 팡틴, 자선병원에서 죽어가며 장발장에게 부탁하죠. 엄마 얼굴도 모르고 자라는 코제트를.

아이의 부서질 듯한 쇄골 위에서 위태하게 굽어지는 물지게를,
　　힘센 손이 영차, 받아들었죠
　　코제트는 고개를 들어 올려다 보았죠
　　그렇게 무거웠던 물통을 대신 들어준
　　모르는 사람을. 하느님처럼.

발갛게 부푸는 겨울 자두나무 가지를 보면
조카에게 줄 빵 한 개를 훔치다가 19년 감옥살이 한 장발장,
평생 쫓기기만 했던 세상에서 가장 외로운 남자와
태어나 여덟 살이 될 때까지
아무도 사랑하고 사랑받을 사람이 없던 여자아이,
두 사람이 처음 만난 숲 속의 샘터가 보여요

그날 이후, 두 사람이 손잡고 걸어갔던
많은 날들의 길에
내려와 반짝이는 별빛들이 보여요

세상에서 가장 외로운 두 사람이 만나
그후로는 한번도 외롭지 않았다고 속삭이는 별빛들

* 빅토르 위고의 소설 『레미제라블』의 여주인공. 고아로서, 장발장의 수양딸이
된다.

실크, 모직, 목면

실크, 모직, 목면
피부로 느끼는 소박한 사치여

하얗게 빨아 햇볕에 널어 말린 홑이불 속에
달아오른 몸을 대고 뒹굴면
비단실이며
양털이며
목화의
아늑한 손길에 안겨서

누에가 뽕잎 먹고 잠자며 자아올린 꿈이며
오스트레일리아 초원에 뒹군 암양의 행복한 하루며
인도의 들에 핀 목화가 하루종일 받은
따뜻한 햇볕의 맛을 느끼지

불에 타지 않는 몸*은 싫어
석탄과 석유의 어두운 꿈

녹아 붙으며 끝없이 계속되는 악몽은 싫어
썩지 않는 살은 싫어

실크, 모직, 목면
벌거숭이로 태어난
아기의 몸을 감싸주는
흙으로 돌아가는 노인의 몸을 안아주는
어머니 지구의 옷

* 폴리에스테르, 나일론 등 합성섬유는 불에 타서 재가 되지 않고 녹아붙은 덩
어리가 된다.

사설 천문대

충북 보은에서 상주 쪽으로 달리면 천문대가 있는 산이 있습니다. 그날은 아늑하게 겹쳐진 능선 위에 하늘이 열려 있었죠. 달도 없는 밤, 길은 어둑하고 공기는 달콤했습니다.

친구인 여류시인*과 저는 천문대에 올라갔습니다. 은박으로 된 천창이 열리자 천체망원경이 드러났어요. 망원경은 자동으로 배율을 맞추면서 마치 음악 같은 소리를 냈습니다.

우선 목성을 보았죠. 별 가운데 있는 띠가 선명했습니다. 스무 개가 넘는 목성의 달들과 그 달들 안에 살고 있을 생명체들….

다음엔 토성을 보았습니다. 천문대장이 배율을 맞춰놓고 내게 보라고 했습니다. 근데, 동그란 별이 아니더군요. 검은 점이 2개 있는 단추처럼 길쭉한 별이었어요.

"고리가 보이세요?"라는 그에게 "별이 왜 이렇게 길죽하구, 가운데 스마일마크같은 점이 2개 있나요?"라고 했더니 그는,

"교수님, 제발 저를 당황시키지 말아 주십시오"라는 거였어요.

여류시인이 렌즈를 들여다 보더니, "별이 가운데 동그랗게 들어있는데요?"라는 거여요.

아하…. 그제야 별이 동그랗게 보였어요. 가운데에 별이 있고, 토성의 고리가 길죽하게 별을 감싸서, 검은 점 두 개는 그 고리와 별 사이의 빈틈이더군요.

우리는 다시 바깥으로 나가서 겨울철 별자리 보는 법을 배웠습니다. 겨울철 별자리의 대삼각형, 대사각형, 대오각형…. 봄철의 별자리는 겨울 별자리와 교체하기 위해 왼쪽에서 서서히 떠오르고 있더군요.

그리고는 오리온 자리 옆의 플레이아데스 성단을 망원경으로 보았습니다. 모든 별들이 「스타워즈」를 불러왔어요. 알데바란의 병사, 플레이아데스 성단의 상인들, 안드로메다 은하에서 온 외계인들….

아, 우리가 사는 세상이란 게 얼마나 작고, 소중한지…. 숲속을 내려오면서 이야기했어요. 우리는 유리잔 속의 흐릿한 물 안에 들어 있는 미생물 하나에 불과할 지도 모른다는 것. 큰 존재에게는 미생물 같아서 현미경의 도움이 없이는 보이지도 않을 존재인지도 모른다는 것.

하지만 사는 동안은 열심히 행복하게 살아 볼래요.

* 그날 내 제자이자 좋은 친구인 전주호시인과 함께 걸었다.

4월에 살아있다는 것

4월의 야산은 수십 수백 가지의 초록색이다
나무마다, 가지마다, 햇빛 쪼인 쪽과 그늘과,
가지 사이로 빛이 그물 친 곳
밝고, 진하고, 어둡고,
빛이 들고, 그늘져서 공기에 흔들리고…
노란빛, 붉은빛, 다갈색, 하얀색이 섞여
모두 다른 빛깔인 초록의…

수많은 사람들 속에 내가 있다
조금 더 붉고, 노랗고, 하얗고, 어둡고, 밝은
슬프고 기쁘고 아프고 권태롭고 선하고 좀 악한
사람들 속에
아주 다르지 않은 내가 있어

아, 다행이다
올해 4월에
내가 살아 있다는 것.

옛날 개

보문산 사정공원 올라가는 길에
내 단골 벤치가 있다
산 밑 산복숭아 밭 앞
오렌지색 가로등이 밝혀 놓은 동그란 공간
벤치 뒤엔 고층빌딩이 있는 도시가 누워 있다

잎이 반 넘어 진 가을 밤중에
혼자 그 벤치에 앉았던 일 있다
산 위엔 보름달이 둥글고
바람 불 때마다 마른 낙엽이 쓰으… 소리를 내는데
산 밑 그늘에 야윈 개 한 마리가 서서
이쪽을 바라보고 있기에

얘! 하고 부르니
넝큼 달려와 내 옆 자리에 올라앉았다
고개를 돌려 마주보니
반 접힌 귀에 깡마른 몸

검은 테의 동그란 알 안경을 쓴 모습이
조선시대 민화에 나오는 옛날 개 그대로다

그때, 개가
자기 발 하나를 턱, 내 무릎에 얹었다
개들이 보통 하듯이 조심스레, 타진하듯, 호소하듯 올려
놓는 게 아니라
　　– 이봐, 색시
　　　이것도 인연이라면 인연인데
　　　우리 통성명이나 하면 어떨까?
　　　하는 투다

말끄러미 올려다 보는 개의 말간 눈과
쓰으…하는 나무 흔들리는 소리와
가지 그림자 흔들릴 때마다 깨지는 보름달빛이
왠지 이 세상 것 같지 않아
나도 모르게 벌떡 일어나버렸다

몇 걸음 가다 뒤돌아보니
개는 여전히 의젓하게 벤치 위에 앉아 쳐다보고 있다
산모퉁이까지 가서 다시 뒤돌아보니
벤치 위에는 달빛뿐이었다

민화에서 나온 그 안경 쓴 개
무슨 이야기를 하는지
더 좀 들어볼 걸 그랬다

달밤이면 벤치에 앉아 종종 기다렸다
다시는 보지 못했다

비틀즈*를 들어요

눈에 눈물 그득하나
입가엔 미소 머금어야 하는 날
비틀즈를 들어요

나이 먹으면 저절로 어른이 될 줄 알았지만
주체할 수 없던 피 여전히 뜨겁구요
해마다 두렵고
해마다 외로워요

존은 살해되고
폴은 재벌이 되고, 링고는 연기자가 되고
죠지는 그가 사랑하던 갠지스 강물에 뿌려졌지만*

양복 상의에 청바지를 걸치고
맨발로 거리를 걷던 젊은 그들을 기억해요*
시간을 뛰어넘어
우리는 같은 기억을 가졌어요

마음의 자유를 갖는 것이 죄악이 아니며
외로움은 두려워할 게 아니라는 걸
나는 그들에게서 처음으로 배웠어요

같은 음악을 나누며
함께 죽음을 뛰어 넘어요

함께 비틀즈를 노래해요.

* The Beatles. 영국의 전설적인 록그룹. 존 레논, 폴 매카트니, 조지 해리슨, 링
  고스타.
* 존은 1980년에 정신이상인 팬에게 살해당했고 폴은 사업가로 성공했으며, 링
  고는 애니메이션에 목소리출연을 준비 중이라 하고 인도음악에 심취했던 조지
  해리슨은 2001년 후두암으로 사망했다.
* 비틀즈 앨범 'ABBY ROAD'의 자켓 사진.

차 몰고 나오니 가을 저녁이

차 몰고 나오니 가을 저녁이
면사포 같은 안개에 싸여 있네
숲길 옆으로 난 도로
강 위로 올라가는 다리
강 아래 마을에 켜진 불빛 몇 점이
모두 뿌옇게 흐려지는데

고단해서
하늘에 이마 대고 곤히 잠든 당신
엷은 눈썹처럼
초승달이 떴는데

  – 내 마음은 그렇게 값어치가 없는 거야?
라고 막 소리치며 대들고 싶은 마음
들어줄 누구도 없는데
혼자 소리소리 지르다 목이 막혀 안개 속을 달리는 마음

당신은 술 한 잔 먹고 저 하늘 건너 잠에 취해 아무것도
모르시고

슬픔은 입이 크다

슬픔은
괴물메기처럼 입이 커서
한입에 꿀꺽
나를 삼킨다

차갑고 축축한 뱃속에서 뒤척뒤척 하는 밤
졸음에 끌려들다가도 자꾸자꾸
슬픔이 깨운다

초롱초롱한 눈
시간이 섰다가 갔다가
섰다가 갔다가

흰 머리카락이 자라나 천정까지 뻗고
다시 무 뿌리처럼 이부자리에 내리면
사람 얼굴을 한 거미가 슬픔 한 끝을 타고 내려와
내 얼굴을 물끄러미 들여다 본다

모기가 내 목덜미의 피를 빨고
거미는 모기의 피를 빤다
목구멍을 채우는 비릿한 맛

슬픔은 입이 크다
하지만 삶은 입이 더 크다

나는 무릎으로 종종 기어서
새벽의 목구멍까지 올라간다
목젖을 살살 문질러
슬픔이 나를 토해내게 한다

그리고
서류가방을 들고 서쪽으로 출근한다

목련나무를 만지다

옥상에 올라 목련나무의 꼭대기를 만나다. 내 키를 나무만큼 높이다. 목련가지와 내가 얼굴을 마주보다. 가지에 손을 내민다. 솜털에 싸여 있는 꽃봉오리가 만져진다. 나는 두 손바닥 사이에 작은 목련 꽃봉오리를 감싼다. 이상하지? 꽃봉오리가 살아나서 도망치려고 하는 것 같다. 솜털의 부드러움, 부드러우면서도 단단한 심. 부드러움, 단단함, 손 밑에서 살아나 달아나려고 하는 탄력.

남자를 만지는 것도 이와 같았다. 혼자 살아 있었다. 나는 여자, 키를 높여서 그와 마주본다. 서로 마주본다. 우리는 살아 있다. 아직, 행복하다.

새해 인사

요즘 새해 인사는 SMS로 온다
섣달 그믐밤
딩동거리는 소리에 자다 깨어
휴대폰 화면에 서캐*처럼 하얗게 떠올라 구물거리는 메
시지들을 본다
답하는 김에 인터넷에 들어가
메일함에 쌓인 카드들에도 답신을 보내다가
메일 주소 하나를 물끄러미 들여다 본다
　　- 너 거기 있니?

몇 해 전 여름 그애와 태국여행을 갔다
같은 버스로 패키지 투어하던 사람들이, 나중에
우리 둘 사이가 몹시 궁금했었노라고 실토했다
　　- 아, 그랬군요, 여고 동창생. 둘 다 미스라구요. 어쩐
　　지….

여고 동창생, 문예반 친구, 같은 대학에서 강의하는 사이

하드에 남은 디카 사진 속에서 그애가 푸짐하게 웃고 있다
내가 그애 찍어주고 그애가 나 찍어주고
사람들이 찍어줄 땐 우리 둘이 찍히고

그애는 초등학교 때
호러에서나 보던 도끼살인마에게 부모님을 잃은 외동딸
대전의 먼 친척 집에서 일을 도와주며 학교를 다녔다
흰 피부에, 살집이 좀 있는 그애는 늘 생글거려서
아무도 그런 사연이 있는 줄 몰랐다

고교 졸업 후에 단 한번, 성격 좋은 그애가 분통 터져 하
는 걸 본 적 있다
우연히 보험회사 서류를 보았다고
부모님이 자기 앞으로 교육보험을 들어두셨더라고
　　- 왜 그 말 내게 안 했을까?
납부금 통지서 나올 때마다 마음 조였던 거,
그거 하나가 너무 서운하다고 했다

소설을 쓰겠다던 그애는
그후 독립해 자기 힘으로 살았고
대학도 갔고
방송작가가 되었다
20년차 방송작가인 그애에게 방송원고 쓰기 강의를 부탁했다

그애는 인천공항 면세점에서 디카를 샀고
명품 가방을 골랐고
방콕 보석 빌딩에서 장신구를 몇 세트나 보았다
평소 검소하게 살아온 걸 알기에
충동구매 조심하라고 했더니,
　　- 내가 근무하는 데가 방송국이잖니
　　　다들 얼마나 화려한지 아니?
라고 했다

말리지 말 걸 그랬다

몇 세트건 그 작은 돌들을 다 사게 둘 걸 그랬다

그 여름 지나고 전화가 왔다
　- 이런 말 하면 안 믿으시겠지만….
방송 개편 앞두고, 성공적으로 프로그램 마친 거 담당PD
와 자축했단다
오늘따라 더 맛있다며 식사 잘 한 후,
좀 피곤하다고 벽에 기대앉더니 무너지더란다

직계가족은 아무도 없는 영안실
그애 키워준 숙모 홀로 눈물 훔치고
화장하기로 했다고
수목장*으로 하기로 했다고 누군가 말했다

방송사 사장부터 아나운서, PD, 작가…
그애 말하던 화려한 방송국 사람들이 빈소에 연신 오가
는데

– 너 열심히 산 거, 세상은 알아주었구나
하는 생각과
　– 네 작은 아파트, 네가 새로 산 자동차, 어떻게 하니
하는 생각

공설 화장장에 가서
그애가 재가 되는 걸 보고
그애가 한번 놀러가자던 방동 저수지 부근
잡목 숲에서
비닐장갑 낀 손에 재를 쥐고 한 줌씩 뿌려주는데
눈물이 터지고 말았다
　– 애, 다시 와,
　　다시 오면 더 잘해 줄게
　　미안해
함께 일한 작가들이 울고 있었다

사이버 세계에 그애의 집이 있다

해마다 주소록을 정리하면서
그애의 메일 주소를 남겨 둔 때문이다

메시지를 보낸다
잘.있.니.너.랑.더.많.은.시.간.을.보.낼.걸.
그애가 대답한다
   - 왜 안 그랬니? 넌 늘 바빴잖아
앞.으.로.시.간.이.많.을.줄.알.았.단.다.
죽.을.때.까.지.우.린.친.구.로.지.낼.줄.알.았.지.

   - 용서할게
전자화면에서 친구가 웃는다

* 서캐 : 머릿니의 알. 머리칼을 들쳐 보면 하얗게 깔려 있곤 했다.
* 수목장樹木葬 : 나무에 화장한 재를 파묻거나 뿌려주는 장례법.

먼 나라로

제가 좀 그렇지요
앞에 앉은 사람에게 이야기 시켜 놓고
먼 나라로 가 있을 때 많지요

함께 자란 제 동생은 그럴 때
제 멱살을 잡고 마구마구 흔들어
자기 말을 듣는 모드로 저를 되돌려 놓기도 했지만

대부분의 사람들은 한숨을 폭 쉬곤
가버리고 말죠

저도 그러고 싶어 그러는 건 아니에요
교신이 툭 툭 끊어지는 무전기처럼

반쯤 내리감은 눈꺼풀 밑에서 제 눈동자가
아득한 곳으로 달려가 버렸을 때

그리워요
가만가만 저를 흔들어
눈 맞춰 줄 사람

나중에 제가
오래오래 기다려 줄 사람

4부

조용한 날들

조용한 날들

행복이란
사랑방에서
공부와는 담쌓은 지방 국립대생 오빠가
둥당거리던 기타 소리
우리보다 더 가난한 집 아들들이던 오빠 친구들이
엄마에게 받아 들여가던
고봉으로 보리밥 곁들인 푸짐한 라면 상차림

행복이란
지금은 치매로 시립요양원에 계신 이모가
연기 매운 부엌에 서서 꽁치를 구우며
흥얼거리던 창가唱歌

평화란
몸이 약해 한번도 전장에 소집된 적 없는
아버지가 배 깔고 엎드려
여름내 읽던

태평양전쟁 전12권

평화란
80의 어머니와 50의 딸이
손잡고 미는 농협마트의 카트
목욕하기 싫은 8살 난 강아지 녀석이
등을 대고 구르는 여름날의 서늘한 마룻바닥

영원했으면… 하지만
지나가는 조용한 날들
조용한… 날들…

핀이 나간 시인

    길이 너무 막혀 도시순환 고속도로로 출퇴근을 하게 된
나는
    톨게이트에서 블랙리스트에 올랐다
    요금을 안내고 앞으로 치닫지 않나
    (그러면 연약한 여자직원이 헐레벌떡 찻길로 쫓아와 세
운다)
    거스름돈을 안 받고 가버리지 않나

    오늘은 요금카드가 사라져버렸다
    팔길이가 모자라 안전벨트를 끄르고
    차 문짝을 열고 나가 카드를 뽑았는데
    얼김에 안전벨트도 못매고 고속도로를 질주했는데
    그 어디쯤에서 4차원으로 증발해버렸는지

    요금을 내고 싶어도 낼 수가 없어
    비상깜박이를 켠 차를 길 가운데 버려놓고
    사무실로 가서 사유서를 쓰고

서울에서 부산까지, 최대거리 벌금을 내고
평범했던 아침이 어디로 가버렸는지

잠깐 넋 놓고 있는 동안
카드가 사라지고
길이 얽히고
시간이 얽히고
산과 들이 뒤섞이고
별들이 거꾸로 흐르고

하기는 나뿐이랴
어떤 시인은 술 한 잔 잘 먹고 차도 끊어진 밤에 사라졌
는데
　다음 날 아침 '어떻게 서울 왔나 기억 안 난다'고 전화 오고
　어떤 시인은 안도현 시인의 농가에서 새벽에 사라져
　　　– 산길이,
　　　이리 와보라는 듯이 뻗어 있어서 그만!

모악산에서 서울까지 걸어가버렸다는 것인데

나 말고도 핀이 나간 시인은 많다네
그래도 세상이 우리를 많이 봐주는 것은
핀이 나간 우리가 우주의 노래를 아주 가끔은 전해주는 걸
알아주기 때문인지도 몰라

라고 생각하면서 고속도로에서 아차!
들어가야 할 인터체인지를 놓치면
왕복 50킬로를 열심히 뛰어 제자리로 돌아오고 있는
핀이 나간 나

이모네

왕십리 골목으로 들어가면
마당까지 합쳐 20평도 안 되는 단독주택
고개를 숙이고 들어가야만 하던 부엌
1평 반짜리 방 세 개
외사촌오빠는 4명
외사촌언니 1명
이모와 이모부
그리고 얹혀 살던 6살짜리 나

하루종일 택시 운전하고 돌아와
피곤한 발을
대야에 담긴 따뜻한 물에 깨끗이 씻고야
쪽마루에 올라서던 이모부,
모범택시 제모를 벗어서 못에 단정히 걸고
영차, 나를 안아 올리던 큰오빠

저녁상 보느라 꽁치를 굽던 이모

창이 없는 부엌엔 연기가 자욱해도
흥얼흥얼 이모의 노래엔 매운끼가 없었어
초등학교에 들어간 나를 도톰한 무릎에 앉히고
매운 김치를 빨아 숟갈에 올려 내밀었어

이제는 세상에 없는 이모부와 큰오빠
살짝 치매가 와 시립요양원을 떠도는 이모
중년이 된 나
추억 속에는 그날의 그 집이 선명한데
재개발된 왕십리엔 고층건물뿐

물질화한 추억이,
수십 년 뒤, 수백 킬로 떨어진 내 방에 솟아올라
아아, 사라지지 않네

고래
-강남 시립병원 영안실에서

고래를 생각하면
큰외사촌오빠 생각난다
포구를 지나다
다라이에 가득한 고래고기를 보면
유난히 검붉은 그 살들이
큰외사촌오빠의 살인 것만 같아

1960년대의 영화「빨간 마후라」*에서
전투기 조종사로 나온 신영균이를 닮은
단단한 몸과 어진 눈빛,
그 '큰거오빠'*와
서커스를 보러갔던 청계천변 천막이 생각난다

난 다섯 살이나 되었던가?
축축한 가마니떼기 좌석에서 들어올려져
오빠의 둥근 어깨 위에 앉아 보던
서커스 천막의 천정에서 흔들리던 줄타기 소녀와,

두 발로 엉성하게 서서 기우뚱거리던 털빠진 갈색 곰과…

사람들 다리에 엉켜 앞이 안 보일 때,
어영차, 들어올리던 힘센 오빠의 팔뚝 위에서는
서커스의 슬픈 음악도 달콤하여
잠에 빠지다 보면 어느 새 돌아와
꽃무늬 내 요 위에 누워있었다

오빠는 택시 운전사
하늘색의 모자와 제복을 입고
서울 거리를 운항하였다
하지만 왠지 삶이 순조롭게 풀리지 않았으니
오빠에게 매달린 이모며, 새언니며, 조카들도
제 바다에서 쫓겨난 고래가족처럼
차고 스산한 인생 살아가야 했으리라

원자력병원 중환자실에서 마지막 본 오빠는

암 말기,
거기까지 태워다 준 택시기사는
'암환자들이 마지막 오는 코스'라고 했지만,
'내 발로 다시 걷기 위해 수술하련다'고
낮게, 힘주어 말하던
오빠의 눈빛은 여전히 살아있었다

오빠 세상 뜬 후에도
하늘은 밤 하늘빛이고
바다는 밤 바닷빛이어서
어디에나 '그냥 어둠'은 없는데

바다 그늘 어딘가 커다란 고래 있어
새끼고래들을 데리고 물결에 몸을 맡기고 있으리라
고 생각하면
마음 속의 밤바다가 호박빛으로 물든다

* 빨간마후라-1964년 개봉된 신상옥 감독의 영화. 한국전쟁 당시의 전투조종사
   들을 그렸다.
* '큰거오빠'-큰외사촌오빠를 어린 내가 그렇게 불렀다 한다.

꽃의 빛깔

저녁, 사정공원 올라가는 산길에 핀
개망초꽃들이
이상하기도 하지
모두 연보랏빛으로 보이는 것이었어요
개망초꽃은 하얀 색이 아니었던가요?

소꿉장난할 때, 하얀 꽃잎 안에
크레용으로 그린 햇님 같은 노란 꽃술이 있대서
계란꽃이라며
계란 대신 상차렸던 기억인데요

내려오며 반대편 길가의 꽃을 보아도
여전히 모두 연보랏빛인 거여요
웃어도 슬퍼 보인다는 내 표정 같죠

눈물 글썽한 개망초꽃
한 떼 몰고 언덕길 내려오는데

멎었던 장맛비 다시 시작되려고
얼핏얼핏 물기 비치기 시작했지요

몸 속에 웅크린 영혼의 얼굴은
그때나 지금이나 똑같은데

엇갈려 지나가는 아이에게 손흔들어 주느라
몸을 굽히니
왼쪽 무릎 삐걱, 하고
녹슨 소리로 울리며 접히는 것이었어요

장흥 토요 시장

남쪽 끝 정남진
장흥 토요시장에서 혼자 버스 내렸다
시간은 아침 9시
붕어빵 틀이 달구어지는 동안
배낭 내려놓고
노점 의자에 앉아 기다리는데
벌써 맥주 한 잔 시작한 남자가 있고
갑자기 꽥 소리치고
주위 분위기 싸해지고

한 잔 천 원짜리 냉커피에
뜨거운 붕어빵 세 개째 먹는 동안
예쁘장한 아줌마는 막 쪄진 찰옥수수를 건지다가 손가
락을 데고
내가 아줌마 대신 솥에서 옥수수를 건지는 동안
아까 그 남자, 작은 남자아이 손잡고
케익 상자 들고 나타나

고기 사오면 구워주죠 잉? 하고 다시 사라지고

까맣게 그을은, 시무룩한
남자아이 보고 붕어빵 아줌마,
너도 고생이 많구나, 라 하고
남자, 빨간 한우고기 한 도시락 들고 종종걸음으로 돌아와
아까 소리쳐 미안하다, 오늘은 우리 아들 생일이다 라고
하고

장흥 시장에선 아까 만난 사람을 자꾸 또 만난다
9월의 장흥 시장에는 손수 만든 악세사리를 사이좋게 팔
고 있는 일본 아낙과 필리핀 아낙이 있고
독특한 디자인의 모자와 스카프와 토시를 팔고 있는 노
점 아주머니가 있고
반쯤 벌어진 무화과 열매와 단감과 표고버섯과 채소들
이 있고
오랜만에 읍내 나오면 영양보충을 꼭 해야 한단 듯

무엇보다 한우 고깃집들과 '고기 사오면 구워줍니다'란
간판들이 많고

장흥 토요시장 야외무대는
매주 첫째 주 셋째 주 공연은 좀 늦게 시작한다
근처 초등학교 수업이 아직 안 끝나서다
차일 밑 의자엔 아까부터 노인들이 앉아 기다린다
초등학교 아이들 하교 시간이 되자
빨간 머리끈 질끈 매고 빨간 양말 신은 장타령꾼이 무대
에 뛰어올라

아부지들 어무이들 모두 건강하시지라?
요샌 거지도 대학 나와야 한다는 거 아시지라?
어느 대학 나왔냐믄~
삼청교육대학~
수석으로 졸업이지요 잉
아, 생일 빵빠레를 울려 달라는 분이 계신데

공짜로는 안 되고 만 원만 받겠습니다 잉?
일곱 살 생일을 맞은~ 김태현 군?
내 살다~살다~ 일곱 살짜리 빵빠레는 첨 터뜨려 보요~

희끗한 게 섞여가는 곱슬머리
하얀 티셔츠
반바지,
남자, 무대 앞까지 나와 덩실덩실 춤을 춘다
"우리 아들 생일이야요!"

아이 엄마는 어디 있을까?
장흥 토요시장에는 아들과 둘이 생일을 축하하는 아버
지가 있고
장미빛 스카푸 한번 불러주쇼
그 아버지 주머니에서 자꾸 나오는 파란 돈이 있고
아, 당신도 더럽게 가난한 거 같은데 주머니 좀 그만 여쇼
남 걱정하는 장타령꾼이 있고

근심하는 얼굴의 일곱 살 아이가 있고
장터 식구들이 있고

지나가는 등산객이며 나 같은 떠돌이들이
단감 깎아 모르는 사람끼리 한 쪽씩 나누어 먹는….

집이 다 지어지기도 전에

오랜만에 모임에서 만난 김순선 시인이 말했네
   – 나이 들면
     지하철역 있고
     병원 있고
     수목원이 있으면 더 좋은
     그런 데 살아야 해요

네에네에~ 끄덕끄덕 하다가
어머나 이게 아닌데

   – 선생님! 하회마을 가서
     양반네 집 들어가 보고
     그런 집 지어 사시는 게 꿈이라고 하셨잖아요?

ㄷ자집이나 ㅁ자집,
그윽한 안채에 아내와 가족 두고
사랑채 따로 있어 시인 묵객들 놀러와 묵어도 좋고

사방 잘 내려다 보이는 곳에 자그마한 정자 지어 시를 논
하고…
나태주 시인이랑 김백겸 시인이랑 모두 *끄덕끄덕* 하여
남자들의 꿈은 참 비슷하네요 하던 것이 불과 몇 년 전

잠깐 사이 시간이 흘러
어느 새
지하철 역 있고 병원 가까운 집이 이상이 되다니요

하하 마주보고 웃다 슬그머니 서글퍼지네

남도南道 어느 햇볕 잘 드는 산그늘
고즈넉하니 아담한 한옥 한 채
마음 속에 다 지어지기도 전에
우리 모두 나이 들어버리네

오래된 혹성

하늘이 파란
혹성에 살게 되어서 너무 좋아
물이 있고
나무들이 자라는 혹성이어서 좋아

빨래가 가득한 양동이를 들고 옥상에 올라
물기를 탁탁 털어 줄에 너는 동안
따라 올라온 강아지가 옥상 난간에 앞발을 가지런히 올려놓고
온동네를 내려다 보는 허름한 집

진주모珍珠母 같은 구름 속에서
태양이 뜨겁게 구르고
주변 공기는 조금씩 물기를 받아들여 촉촉해지고
옷들은 조금씩 보송해지는 조용한 몇 시간이 지나

어둑해지는 하늘을 뒤로 하고

양팔 가득 마른 빨래를 안고 계단을 내려오면
모든 것이 제자리를 찾은 것 같은
지구별 안 작은 산 밑 단독주택 한 채

낡은 것들은 안심이 된다
보이지는 않지만
작은 생명들을 가득 품은
오래된 혹성과 낡은 집

그리고 아이를 많이 기른
나이 먹은 여자

임신복

그리스 여인들의 옷
하얗고 통통한 목과 어깨를 드러내고
가슴 밑에서 잘라
풍성하게 주름잡은 원피스
납작한 가죽 샌들

허리와 자궁을 마음껏 풀어주는 옷
여자가 된 것이 행복하다고 생각케 하는 옷

늘 입고 싶었지만
처녀가 임신복 입었다고 놀라는 사람들 때문에
한번도 못 입었지요

이제 나이 오십이 넘어
올해 무더위에
한 벌 지어 입었어요
발목까지 오는 이끼빛 원피스

눈을 동그랗게 뜨고 묻는 사람들에게

어머, 임신했냐구요?

영광이죠, 뭐

하.하.하.

라고 대답했답니다

말 안 듣는 강아지

우리집 강아지는 만 여섯 살*이 되어
사람 나이론 40이 넘은 중년이지만
이름이 아직도 강아지다
아파트 사는 동생네에서 똥오줌 못가린다고 생후 3개월
에 쫓겨온 이놈은
금실이, 쎈, 무엇무엇…
차례차례 붙여준 어느 이름도 들은 체 않고
"강아지?" 하면 힐끗 돌아본 이유로 이름이 강아지가 되
었다

한때는 귀가 먹은 게 아닌가 의심했지만
이유는 단지 사람이 부를 때 냉큼 오기가 싫었던 것

요즘도 나와 엄마는 강아지를 부르지 않고
"강아지가 어디 갔지?"
"글쎄, 강아지가 어디 갔을까요?"
부산을 떨며 찾는 시늉을 한다

그제서야 슬그머니 나타나 곁눈으로 흘끗 쳐다본다

목욕한 지도, 털을 빗어준 지도 일 년이 넘었다
싫다는 것이다

조금도 길들여지지 않는 이 여섯 살 난 잡종개에서
어느 날은 노루를 보고
어느 날은 여우를 보고
어느 날은 숫사자를 본다

애지중지해도 죽어라 마음을 주지 않는 강아지에게서
사람이 먼 평원 끝까지 내몬
야생의 모든 동물을 본다

말 안 듣는 강아지 한 마리에게 쩔쩔매는 것,
어쩌면 속죄贖罪인가 보다.

* 강아지는 올해 만 열 한 살이 되었다.

이모에게 가는 길 · 2

서울의료원 362호

8인 입원실

배에 난 물혹수술 끝내고

막 중환자실에서 입원실로 온 이모

자꾸 똥이 나올 것 같다고 걱정하신다

그냥 누세요, 기저귀 채워놓았어요 하면

그래도 어떻게 그러니? 옆으로 삐져나올 텐데 하고 한걱
정 하신다

살짝 치매 오신지 근 5년

가족과 떨어져 요양원 사시는지도 5년

내가 무슨 병이니? 정신병이니? 물으시고

가족은 딴청, 배가 아파서 오셨지요 작은 수술 했어요 대
답하면

배가 아파서 왔어? 작은 수술 했어? 따라서 말하시다가

그럼 언제 집에 가니? 물으시면

사흘 밤이면 가시지요 라고 대답하면
으응, 사흘이면 집에 가? 그럼 됐지 하고 만족하시는데
우리 모두 알지
퇴원 날짜를 물으시는 게 아니라
돌아갈 곳이 요양원이 아니라 집이라는 걸
약속하라는 것인 줄을.

또,
으응, 똥이 나올 거 같아 나 화장실 가면 안 되니? 라고 물
으시고
귀도 안 들리시는지라 크게 얼굴 쪽으로 소리쳐
엄마, 병실에서 자꾸 더러운 소리 하시면 옆의 분들이 싫
어하세요
하고는, 외사촌 언니는 우리에게 귓속말로
다른 병원에서 저러다 병실을 쫓겨난 적이 있다고 속삭
인다

우리 언니가 왜 이렇게 됐어…
이모를 붙들고 어이어이 울던 팔순의 엄마가
다시 올게요, 라고 작별인사를 하자
이제 그만 와, 그 멀리서 어떻게 오니
눈물로 일그러진 표정으로 말리시고는
애경아, 엄마 모시고 어여 가 라고 하시는데

내가 몇 살이니? 라고 조카에게 묻고는
구십이세요, 할머니 라고 하자
처녀같은 하이톤high-tone으로,
어머, 구십이라구? 언제 그렇게 되었어
그럼 죽을 때가 되었구나
하고 놀라셨다는 이모

우리 할머니는 너무 귀여우셔, 라는
조카와 함께 웃다가

남에게 자기 나이를 물어보고서야
내가 너무 오래 살았구나, 깨달았을
이모 마음이
눈물 났다

밤고구마

팔순의 어머니
동네시장에 고구마 사러 가셨다
등에 작은 배낭을 메고
지칫 지칫 아픈 다리 끄시며

고구마 파는 아주머니,
할머니 이건 호박고구마구요
이건 밤고구마예요
호박고구마는 물 안 먹고 먹어도 되는 고구마구요
밤고구마는 물하고 먹어야 되는 고구마예요

물 안 먹고 먹으면 안 돼?
어머니 물으시니,
안 돼요, 할머니. 밤고구마는 꼭 물하고 먹어야 돼요, 아
셨죠?

얘, 그게…

방송에서 누가 고구마 먹다가 목 막혀서 죽었다잖니?
돌아와서 내게 보고하신다

어머니랑 장보러 시장에 가면,
친정어머니세요, 시어머니세요?
꼭 물어보는 아주머니들 있다
친정어머니예요, 라고 답하면
아, 그럴 줄 알았어요 배시시 웃으며
덤이라도 꼭 하나 더 주는 사람 있다

친정에 자기 어머니 두고 와서
가끔은 남의 어머니 보고도
밤고구마 물 없이 먹듯 가슴이 메는
착한 딸들

해설

사랑과 죽음, 운명에 대한 저항과 초월

김백겸 시인 · 『시와표현』 주간

사랑과 죽음, 운명에 대한 저항과 초월

김백겸 시인 · 『시와표현』 주간

양애경 시인은 1982년 《중앙일보》 신춘문예에 당선된 후 4권의 시집을 상재했다. 초기시는 낭만주의에 입각한 도시 서정이 두드러졌다. 신춘문예 작품이기도 한 첫 시집『불이 있는 몇 개의 풍경』과 두 번째 시집『사랑의 예감』이 이 계열에 속한다. 이 시집들에서는 사물에 대한 상상력이 이미지로 처리된 가편佳篇들이 있어 시단의 관심을 받았다.

양애경 시인의 시세계는 1997년에 출간한『바닥이 나를 받아주네』로 변화를 보인다. 현실경험의 갈등과 이해, 자기성찰 그러면서도 여성적인 자아를 확립한 시편들을 선보여 독자들의 깊은 공감을 받았다. 2004년 발간한『내가 암늑대라면』은 인간이자 여자로서의 육성을 더 분명히 한다. 생명과 성, 몸과 사랑에 관여하는 여자가 인간사회에 어떻게 기여하고 있는가에 중점을 두고 있는 시집이었다.

나는 제5시집『맛을 보다』의 시편들을 통독하면서, 그녀의 시가 감정의 상처와 치유에 대한 기존의 관심을 넘어,

외부현실에 대한 관심과 연민으로 확대되었음을 발견한다. 이것은 시인의 시선이 자신의 내면의 상처에서 타자(현실)와 나의 복잡한 인연과 관계로 옮겨가고 있음을 의미한다. 그러나 양애경 시인의 시적 세계를 드러내기 위해 나는 여성적 자아를 드러내고 있는 다음 시편을 출발점으로 삼으려 한다.

'10점 만점에 10점'의 매직Magic

보 데릭은 10점 만점에 10점인 몸매를 가진
황홀한 여자
2PM은 '십쩜 만쩜에 십쩜~' 이라고 소리치는 터프가이
소년들

무언가를 원하는 듯한 눈길
검은 아이라인
말은 하질 않고
뚫어져라 바라보는, (우린 녹아버리지)

그리고 노란 털과 섞인 하얀 털
쫑긋한 귀
단지 개라는 것만으로도 7점은 먹고 들어가는

우리집 강아지처럼

나도 여자라는 것만으로
7점은 먹고 들어가
사랑스러워 쩔쩔매는 남자를 만나고 싶어

당신도 남자라는 것만으로
당신한테 반해 쩔쩔매는 여자, 만나고 싶지?

누구나 자신의 '자기' 앞에선
10점 만점에 10점이 될 수 있어
이 세상에 존재한다는 것만으로 7점이고
3점은 앞으로 천천히 따도 되니까…

그래서 우리는 모두 텐

　　─「텐*」전문

* 「Ten」: Blake Edwards 감독이 1978년에 제작한 영화. 최고의 미인을 이상형으
로 쫓는 남자의 심리를 그린 코미디물. 보 데릭 Bo Derek이 10점 만점에 10점인 여
인으로 등장한다.

　나도 이 영화를 본 적이 있다. 스토리가 기억이 나지는
않지만 보 데릭이 글래머 미인으로 나와 이 시처럼 남자들

의 마음을 뇌쇄시킨 영화다.

인간은 사회적 교류가 커지면서 집단의 크기를 증가시키는 쪽으로 진화해 왔다. '어떠한 사람도 고립된 섬이 아니다'라는 명제는 인간이 벌과 개미처럼 집단 내에서만 존재의미가 있는 사회성을 드러낸다. 그러나 인간은 타자와 맺는 관계 속에서 완전히 혼자임을 경험하는 존재이기도 하다. 정현종 시인의 '사람과 사람 사이에 섬이 있다. 그 섬에 가고 싶다'라는 시는 이러한 존재상황을 역설로 드러낸 시다. '홀로' 의식의 인간은 타자에 대한 욕망으로 괴로워한다.

양애경 시인의 시 「텐」은 타자에게 인정받고 사랑받고자 하는 환상을 글래머 배우 보 데릭에게 투사한 작품이다. 물론 이 시의 독자도 영화 속으로 들어가 같은 체험을 공유한다. 여성독자는 양 시인이 제시한 환상을, 남성독자의 진술처럼 "당신도 남자라는 것만으로/ 당신한테 반해 쩔쩔매는 여자, 만나고 싶지?"라는 환상을 공유한다.

타자에 대한 욕망에서 가장 깊은 욕망이 남녀 사이의 욕망이다. 그리스 신화는 '태초에 인간은 양성을 공유하면서 네 발과 네 개의 손에 두 개의 생식기를 가진 완전한 인간이었다. 인간의 능력이 두려웠던 제우스는 몸을 나누어 두 개의 성性을 만들고 서로 짝짓고자 하는 열망으로 평생을 소비하도록 만들었다'고 말한다. 일상인의 대부분은 결혼을

하고 아이를 낳고 종의 의무를 다한다. 그러면 신화 속의 내용처럼 완전한 인간이 되어서 행복할까. 결혼 후에도 여전히 사랑 때문에 괴로워하는 현실의 인간과 이를 소재로 한 불륜소설과 영화 드라마를 보면 이 문제가 단순히 몸의 문제가 아님을 보여준다.

그리스 신화는 인간이 양성兩性을 구유했을 때 그 힘이 신들의 위치를 위협했다고 되어있다. 그러므로 남자와 여자가 만나 한 몸을 이루고자 하는 이유는 근원적인 의미에서의 '정신과 몸', '삶과 죽음'의 문제를 초월하고자 하는 존재적 욕망임을 알 수 있다. 힌두교나 티벳의 '탄트라tantra'는 이러한 길을 말하는 심원한 비밀이다.

양 시인이 말한 "누구나 자신의 '자기' 앞에선/ 10점 만점에 10점이 될 수 있어"라는 언술은 시인의 환상이 '자기Self'의 완성에 대한 욕망에 가 있음을 말한다. 현실에서 이룰 수 없는 내용은 시에서 이룰 수 있다. 시는 불가능의 세계를 가능성의 세계로 드러내는 매직Magic이므로.

'낙원paradise'과 희극의 구조

분홍 꽃을 가득 피우고 선 산복숭아나무 곁
소나무 가지에 손을 짚고 서서

꽃에 엉겨붙은 벌 한 마리를 본다

날개도 짧고
시커멓고 둥글한 체형에 솜털이 부설부설 난 게
동네머슴 같은 벌 한마리가
농익은 연한 꽃잎 속 꽃술에 파고 들어 빠느라고 한창
이다

영원히 산다면 이렇게 힘쓰지도 않으리
라고 하는 듯
움칠, 움칠, 옮겨 앉으며

　　－「산 밑 모텔」 전문

　동학사로 가는 계룡산 산자락에는 러브 모텔들이 늘어
서 있다. '궁전' 모텔, '발리' 모텔, '샹그리라' 모텔, 모두 낙
원paradise을 상징하는 이미지들의 이름들이다. 이름과 내용
이 같은 정명正命의 세상이라면 이 모텔에 가서 사랑을 나누
면 '낙원paradise'을 경험해야 한다. 그러나 기표와 기의가 따
로 노는 해체의 시대에는 기표/ 문화상징과 기의/ 현실이
억지로 꿰멘 동상이몽의 모습을 하고 있다.
　이름과 실재가 다르지 않았던 아담Adam의 언어는 '에덴

Eden'에서만 가능했던 행복한 합일의 세계였다. 실재에 이미지를 덧씌운 문명과 문화가 심화될수록 이름이란 그야말로 이미지로만 기능한다. 양 시인은 꽃이 만발한 "산복숭아나무"를 인간의 모델로 은유한다. 도화桃花란 화류계의 상징이니 이 시의 알레고리를 즐겁게 하는 표현이다.

"동네머슴 같은 벌 한 마리가/ 농익은 연한 꽃잎 속 꽃술에 파고 들어 빠느라고 한창이다"는 표현도 다시 보자. 글자 그대로 읽으면 이 시의 묘미는 드러나지 않는다. 그런데 자세히 들여다보면 이 시는 시인이 벌과 복숭아꽃의 관계를 신의 위치에서 내려다보고 있는 희극의 구조를 하고 있다. 벌이 복숭아꽃의 꿀을 빠는 욕망과 행위와 '시절인연'이 왜 이루어지는지 시인은 전지全知한 신의 입장에서 보고 있다. 벌과 복숭아꽃은 생명을 가진 존재로서의 무의식적 욕망에 따라 생식 행위를 하고 있다. 시인은 이 사건을 인간사에 빗대어 인간의 모델의 욕망과 사랑의 행위가 '낙원paradise'이 아니라 '시지프스의 돌'처럼 고난의 행위임을 말한다. "영원히 산다면 이렇게 힘쓰지도 않으리/ 라고 하는 듯/ 움칠, 움칠, 옮겨 앉으며"라는 진술이 그런 표현이다. 벌이 '플레이보이'처럼 꽃을 옮겨 다니는 모습을 '움칠, 움칠'이라는 의태어로 표현한 점이 이 시의 또 다른 재미이다.

왜 이 시가 희극의 구조로 인간의 사랑과 성을 비판하고 있을까. 쾌락을 위해 여러 '꽃(여자)'을 전전하는 '벌(플레이보이)의 행위란 신의 입장에서 볼 때 도로徒勞의 행위라는 양 시인의 도덕관(상징질서)이 들어가 있기 때문이다. "영원히 산다면"이라는 단서가 이 시를 빛나게 하는 키워드이면서 죽는 존재이기 때문에 사랑과 생식을 해야 하는 존재의 슬픔을 암시한다.

자본의 속도 게임

비 젖은 길을 달려가니
갈색의 새 한 마리 바닥에서 필사적으로 기는데,
그러나, 다친 너의 '필사적'은
자동차의 속도와는 너무 달라
아, 어쩌면 좋니
내 차는 벌써 5미터는 미끄러져 갔고
네 여린 날갯짓이 차 바닥을 치는 희미한 소리

미안해, 아가
미안해, 아가

벌써 차는 100미터는 지나갔겠네
뭉개진 작은 동물들의 시체가

차 옆, 차 앞, 길가에 즐비한데
한 마디 애도할 틈도 없이
차는 시속 60킬로미터로, 80킬로미터로, 110킬로미터로
달리네

이 별에서는 왜 이렇게 바쁠까
분주히 정신없이 달려도
그저 밥이나 먹을 뿐인데
모두들 저 예쁘고 가련한 것들을 짓이기며

아, 이 별은 왜 이렇게 바쁜 건지
잔인한 건지
본의本意가 아니었다고 중얼거려도 때는 늦었네
우리는 킬링머신을 모는 킬러들

　　―「킬링머신을 타고」 전문

　길을 제재로 한 시들을 보면 나는 항상 로버트 프로스트의 「가지 않은 길」을 떠올린다. 이 시는 인생의 두 가지 길에 관한 알레고리를 제시하여 유명해졌다. 시에서처럼 인간사회에는 '엄청나고 빠른 속도로 달리는 고속도로'와 '사람들이 가지 않아 인적의 자취가 드문' 자연의 길이 있다
　이 시에서 화자는 산업기술사회의 상징물인 자동차를

몰고 간다. 학자들은 우리가 사는 21세기를 '후기자본주의 사회'라고 한다. 후기자본주의란 '소비가 인간사회와 내면 의식의 목표'가 되는 사회이다. 금융자본과 연관된 이런 사회의 출현은 인간들에게 소비를 통해 자아와 영혼의 고양을 이루도록 촉구한다. 현대인은 모두 더 많은 상품을 소비하기 위해 더 많은 돈을 벌어야 한다. 일의 속도는 빨라지고 노동의 강도는 높아진다. '자본회전율'이 높아져야 수익률이 높아지기 때문이다.

양애경 시인이 드러내고자 하는 주제는 '엄청나고 빠른 속도로 달리는 고속도로' 때문에 파괴되고 있는 자연과 생명에 대한 비판이다. 시인은 "이 별에서는 왜 이렇게 바쁠까/ 분주히 정신없이 달려도/ 그저 밥이나 먹을 뿐인데"라는 탄식을 한다. "비 젖은 길"을 "필사적"으로 달려가는 "갈색의 새 한 마리"의 생존이 자동차를 몰고 달려야 하는 화자의 생존과 대비되면서 환경과 운명에 갇힌 존재의 모습들을 병치한다. 다친 새는 자동차의 속도에 희생된다. 화자는 "미안해, 아가/ 미안해, 아가"라고 탄식하지만 "한 마디 애도할 틈도 없이/ 차는 시속 60킬로미터로, 80킬로미터로, 110킬로미터로 달리네"의 진술처럼 인간은 '욕망이라는 이름의 전차'에서 내릴 수 없다.

약 이십만 가지의 부품으로 만들어진 자동차는 현대기

술문명의 상징이다. '자동차'의 외연을 확대하면 아마존 밀림을 벌채하는 트랙터와 포크레인, 잠수함과 항공기까지 연결된다. 자연을 무섭게 파괴하는 '문명의 길'을 가는 주범들이다. 이런 문명세계는 '이상한 나라의 앨리스'에 나오는 '붉은 여왕'의 우화를 연상시킨다. 붉은 여왕은 앨리스에게 목적지를 향해 뛰도록 하지만 길의 배경도 같이 움직이기 때문에 앨리스는 뛰는 지점을 벗어나지 못한다.

자본사회는 인간들에게 빨리 움직이며 살도록 강제하지만, 길 위에 치여 죽은 새처럼 인간도 자본의 속도를 따라가지 못하면 패배자가 된다. 거리의 노숙자나 실업자들이 그 예이며 금융공황 이후 중산층에서 저소득층으로 전락하고 있는 시민들도 잠재적인 패배자들이다.

이 모두가 보이지 않는 "킬링머신" 때문이다. 자본은 에너지와 물질을 한정 없이 지구에서 뽑아내어 인간이 소비하도록 유혹한다. '이미지 소비, 브랜드 소비, 상징소비'의 형태가 그것이다. 소비를 감당하느라 지구의 생태계가 무너지며 일 년에 약 삼백만의 종들이 멸종한다고 한다. '로마클럽 보고서'는 이러한 자연착취가 한 세기를 지탱하지 못할 것이라고 진단한 바 있다.

이 시의 마지막 연이 이러한 세태에 경고를 울린다. "아, 이 별은 왜 이렇게 바쁜 건지/ 잔인한 건지/ 본의本意가 아니었다고 중얼거려도 때는 늦었네/ 우리는 킬링머신을 모르는 킬러들".

인간의 중생에 대한 연민과 자비는 인간 자신에 대한 자비로 이어진다. 인간도 자연의 자식이기 때문이다. 자연을 위한 전쟁은 결국 인간 자신을 위한 전쟁이며 이 게임의 성패는 인간의 탐욕을 얼마나 제어할 수 있느냐에 달려있다.

대타자, 팔루스(pallus-남근)의 환상

옥상에 올라 목련나무의 꼭대기를 만나다. 내 키를 나무만큼 높이다. 목련가지와 내가 얼굴을 마주보다. 가지에 손을 내민다. 솜털에 싸여 있는 꽃봉오리가 만져진다. 나는 두 손바닥 사이에 작은 목련 꽃봉오리를 감싼다. 이상하지? 꽃봉오리가 살아나서 도망치려고 하는 것 같다. 솜털의 부드러움, 부드러우면서도 단단한 심. 부드러움, 단단함, 손 밑에서 살아나 달아나려고 하는 탄력.

남자를 만지는 것도 이와 같았다. 혼자 살아 있었다. 나는 여자, 키를 높여서 그와 마주본다. 서로 마주본다. 우리는 살아 있다. 아직, 행복하다.

　―「목련나무를 만지다」 전문

많은 시인들이 목련을 소재로 시를 쓴다. 한 해의 추위가 채 가시지 않은 새봄에 피는 목련이 경이로움을 주기 때문일 것이다. 양 시인도 이 생명력의 경이로움을 말하고 있다. 에로스가 배경인 이 시는 꽃봉오리-식물의 성기가 부드러우면서도 단단한 남자의 페니스 같다는 착상에서 만들어졌다.

페니스를 라깡의 팔루스(pallus-남근)로 연결하면 다소 복잡한 이야기가 된다. 팔루스란 오이디푸스 콤플렉스에서 남근-선망의 상징물이다. '팔루스'란 주체가 결핍한 욕망의 대상을 뜻하니 상징계에 의해 부여된 아버지의 질서/ 법을 뜻한다. '주체의 욕망은 타자의 욕망이다'라는 명제를 들여다보면 팔루스/ 대타자를 통해 상징적 욕망의 교환이 이루어지지만 아무도 아버지의 '팔루스'를 소유할 수 없다. 여기에서 욕망은 '팔루스'의 대리로서 전이된 향락으로 존재한다. 팔루스가 결여된 주체가 팔루스가 되려고 하는 자리에서 '욕망의 환유'가 일어난다.

시 속의 화자가 목련 꽃봉오리를 통해 팔루스의 욕망을 일으키는 무의식의 자리를 들여다보았다. 주체가 대상을 욕망하는 쥬이상스로서의 '오브제 브띠 a'는 일종의 베일이며 환상이다. 여기에서 목련의 꽃봉오리는 팔루스의 베일이며 시적 환상을 일으키는 상상계의 거울로 작용한다.

라깡은 욕망을 중요시하고 욕망의 거세를 일종의 병으

로 보았다. 주체의 욕망이 과도하면 도착증이 되고 주체의 욕망이 모자라면 신경증이 된다. 결국 적절한 통제 아래서의 욕망이 삶의 약藥이라는 얘기다. 양애경 시인이 목련 꽃봉오리에 투사한 욕망의 양은 적절한 것일까. 그렇게 보인다. 시적 환상을 불러오는 아름다움 속에 '우리는 살아 있다. 아직, 행복하다'고 말하고 있으니.

행복에 대한 정의

행복이란
사랑방에서
공부와는 담쌓은 지방 국립대생 오빠가
둥당거리던 기타 소리
우리보다 더 가난한 집 아들들이던 오빠 친구들이
엄마에게 받아 들여가던
고봉으로 보리밥 곁들인 푸짐한 라면 상차림

행복이란
지금은 치매로 시립요양원에 계신 이모가
연기 매운 부엌에 서서 꽁치를 구우며
흥얼거리던 창가唱歌

평화란
몸이 약해 한 번도 전장에 소집된 적 없는
아버지가 배 깔고 엎드려
여름내 읽던
태평양전쟁 전12권

평화란
80의 어머니와 50의 딸이
손잡고 미는 농협마트의 카트
목욕하기 싫은 8살 난 강아지 녀석이
등을 대고 구르는 여름날의 서늘한 마룻바닥

영원했으면… 하지만
지나가는 조용한 날들
조용한… 날들…

　　ㅡ「조용한 날들」 전문

　양애경 시인이 생각하는 '행복'에 대해서 다시 들여다보
자. 시 속에는 전형적인 도시 소시민의 일상이 담담하게 그
려져 있다. 그녀의 행복은 부귀영화에 대한 거창한 야심도
아니고 문학상을 받고 유명해지는 문학적 야심도 아니고

멋진 남자를 만나 연애하는 드라마틱한 삶도 아니다. 이번 시집에서 소박하지만 가슴에 와 닿은 시가 이 「조용한 날들」이다.

뉴욕의 월가 사람들보다 방글라데시의 가난한 사람들이 행복지수가 높다는 통계는 시사점이 있다. 행복은 주관적이라는 얘기다. 대통령을 누구나 부러워하지만 대통령이 져야 하는 책임과 일상의 시간을 들여다보면 양 시인이 시에서 생각하는 이런 행복과는 십만 팔천 리 거리에 있다. 야심의 달성이 행복과는 같지 않다는 이야기다.

이 시는 아주 쉽게 다가오지만 이 시의 구조를 들여다보면 재미있는 점이 있다. 독자는 마치 시인감독에 의해 카메라가 줌인zoom-in된 한 편의 영화를 보는 것 같다. 카메라는 양 시인이 이십대에서 "사랑방에서/ 공부와는 담쌓은 지방 국립대생 오빠가/ 둥당거리던 기타소리"를 보여주다가, 양 시인의 유년시절에서 "이모가/ 연기 매운 부엌에 서서 꽁치를 구우며/ 흥얼거리던 창가唱歌"를 보여준다. 카메라는 다시 양 시인의 십대로 옮겨가 "아버지가 배 깔고 엎드려/ 여름내 읽던/ 태평양전쟁 전12권"을 보여주다가, 양 시인의 현재로 와서 "80의 어머니와 50의 딸이/ 손잡고 미는 농협마트의 카트"를 보여준다.

시인감독이 병치한 풍경들은 인생의 행복이 이런 풍경

의 모자이크와 퀼트quilt로 이루어졌다는 해석이다. 이 시에서는 인생의 성공과 생존을 위한 격렬한 투쟁과 그에 따르는 갈등과 불안이 보이지 않는다. 이 시가 양 시인의 유토피아 환상이라면 너무 소박하다고 생각하는 독자가 있을 수 있다. 그러나 이 시는 소박하지 않다. 마지막 연 때문이다.

카메라는 마지막 장면을 '훼이드 아웃fade-out'으로 마감한다. "영원했으면… 하지만/ 지나가는 조용한 날들/ 조용한… 날들…" 인생의 풍경이 화려하거나 소박하거나 격렬하거나 평화롭거나 결국은 모두 망각이라는 죽음의 풍경으로 옮겨간다는 시인의 존재론적 해석은 결코 단순치 않다.

암벽 속의 구름

중국 낙양에서 백마사 방향으로 나가면
수천 년 묵은 석회암 절벽지대가 있고
거기엔 작고 큰 자연동굴 수천 개가 있어
수백 년 전의 크고 작은 부처님 상이며 그림이며
수백 년 전에 거기 살며 섬기던 사람들의 자취가 남아 있지요

동굴이야 수천 년 그 자리에 있었지만
사람이야 어디 백 년을 살려구요

죽고 다시 태어나 향 피우고
죽고 다시 태어나 보살 하나 새기고
동굴 임자들은 자주자주 바뀌며
그렇게 오래 지나왔지요

제가 전생에 살던 별은 안드로메다 성운에 있는,
지금 사는 은하계와 쌍둥이 은하계
지구의 쌍둥이 별이었는데
그때의 제 반려와는 정말 행복한 일생을 지냈고
지금도 선잠을 깰 땐, 그 사람 생각에 빙긋 웃곤 하지요
지금 생인지 그때의 생인지 잠깰 무렵엔 잘 분간이 안
되거든요

이 별에 태어나 보니 그때의 반려는 저와 다른 시간대
에 태어났는지
아니면 먼 지역에 떨어졌든지
아직 만나지를 못했구요

가끔가끔 사랑한다던 남자들 있어
혹 이 사람이 그인가? 한 적도 있었지만
아마 그가 아니라 제가 전생에 빚진 사람들이었나 봐요

제가 이 별에서 살 날, 아직 좀 남았는지요
몇 백 년 전, 동굴 안에 살며 기도하던 사람처럼
몇 개의 흔적을 벽에 그리고 간 후
그리고도 몇 백 년이 흘러간 후

동굴 밖에서 물끄러미
제가 그린 꽃 그림, 구름 그림 몇 개
들여다 볼 누군가가 있을까요?
그의 커다란 검은 눈이 시간을 통과하여
제 웃음과 슬픔을 꿰뚫어 볼 수 있을까요?

　　─「암벽 속의 구름」 전문

　이 시집에서 여러 시편들을 가지고 양애경 시인의 시세
계를 들여다보았지만, 나는 양 시인의 시적 수사와 주제의
식에서 성취도가 가장 높은 시로 이 시를 꼽는다. 사물을
어떤 위치의 상황에 놓고 볼 수 있는가가 시의 크기와 깊이
를 결정한다. 이 시는 양 시인이 중국에 가서 본 수천 개의
자연동굴 내에 자리한 수백 년 전의 불상을 보는 것으로 시
작한다. 백년을 살지 못하는 인간들이 죽고 태어나는 긴 세
월에 대한 상상은 불교의 윤회의 개념으로 이어진다. 화자
는 "안드로메다"성운에 있는 지구의 쌍둥이별에서 전생을

살았다는 환상 속에 있다. 그때의 반려자를 아직 지구 속에서 못 찾아 화자는 마야 시간의 지구에 희로애락의 자취를 남긴다. 몇 백년 후에 화자의 반려자가 지구에 태어나 "제가 그린 꽃 그림, 구름 그림 몇 개"의 자취를 들여다보는 환상을 그린 큰 스케일의 시가 되었다.

이 시의 사유배경은 지구와 "쌍둥이별"이 있다는 '평행우주'의 개념과 영혼들이 다른 은하를 옮겨다니며 태어난다는 신비주의자들의 생각이다. 수백 개의 불상이 있는 '자연동굴'은 현실의 삶이 이데아(본질)의 그림자라는 '플라톤의 동굴'의 개념과도 연결된다

사유가 시 속에 직접 드러나는 관념시는 문제이지만 나는 사유가 시의 배경으로 들어와서 시인의 세계에 대한 큰 인식을 보여주는 시들을 좋아한다. 독자로 하여금 다중세계 Polyverse와 멀티Multi라이프의 상상에 참여하게 하기 때문이다.

불교의 우주관에 '삼천대천세계'라는 해석이 있다. '수미산'의 33천天을 확장한 개념인데 한 우주를 연속으로 포함한 다른 차원의 다중우주가 있는 중중重重무한의 개념이다. 현실 우주에는 관측 가능한 안드로메다 같은 은하계가 약 1250억 개가 있다고 한다. 거시세계를 설명한 상대성이론과 미립자 세계를 해석한 양자역학을 하나로 묶은 "초끈"이론에 의하면 11차원의 시공간이 필요하다고 한다. 이런 물

리적 세계상을 반영하듯 요즘의 뇌과학을 도입한 심리학은 인간의 심리환상구조가 폴리버스polyverse라고 설명한다.

시는 복잡함을 단순함으로 설명하는 대신 암시로 표현하는 기법이다. 복잡한 세계에 대한 암시를 양 시인은 시「암벽 속의 구름」에서 끌어냈다. '암벽'이라는 무의식으로 펼쳐진 시공간에 인간이 이미지로 남긴 '무늬'가 하필이면 '구름'이다. 구름은 '몽환'과 '마야'로서 인연에 따라 모였다가 흩어지는 세상사를 비유하는 이미지이다. 양애경 시인의 직관이 이런 순간의 이미지에서 긴 스토리를 끌어냈다.

양애경 시인이 드러낸 스토리의 마지막에 이른 독자들은 다음과 같은 심금을 울리는 여운의 메시지와 만난다. "그리고도 몇 백 년이 흘러간 후/ …… 그의 커다란 검은 눈이 시간을 통과하여/ 제 웃음과 슬픔을 꿰뚫어 볼 수 있을까요?

'위대한 작품은 영혼의 상처를 치료한다'

양애경 시인의 발화법의 장점은 진솔함에 있다. 양애경의 시에는 독자로 하여금 시인의 문제가 내 문제인 것처럼 몰입하게 하는 힘이 있다. 나는 양애경 시의 이런 힘이 어디서 나오는 것일까 생각해 본 적이 있다. 결론은 양 시인의 사물에 대한 감응과 감정이입의 능력이었다.

'위대한 작품은 영혼의 상처를 치료한다'는 고전적인 말이 있다. 시인이 작품을 쓰는 이유는 현실에서의 상처를 치유해서 자신의 삶을 확장하는 데 있다. 고전적인 시의 주제들은 '사랑과 죽음, 운명에 대한 저항과 초월'로 유한한 삶의 의미와 가치를 확장하는 데 그 궁극의 목표가 있다. 양애경 시인의 시가 독자의 영혼의 상처까지도 치유시키는 큰 경지에 이르기를 기대한다.

양애경

양애경 시인은 1956년 서울에서 태어났고, 1982년 《중앙일보》 신춘문예로
등단했다. 충남대학교 국어국문학과 및 동대학원을 졸업(문학박사)했고,
동국대학교 영상대학원 박사과정을 수료했으며, 시힘 동인이고, 현재 공주
영상대학교 방송영상스피치과 교수로 재직 중이다. 시집으로는 『불이 있는
몇 개의 풍경』(청하, 1988), 『사랑의 예감』(푸른숲, 1992), 『바닥이 나를 받아
주네』(창작과비평, 1997), 『내가 암늑대라면』(고요아침, 2004)이 있고, 2005
년 『내가 암늑대라면』이 '한국문화예술위원회 우수도서'로 선정된 바 있다.
2010년 한국문화예술위원회 창작지원금 수혜를 받은 『맛을 보다』는 양애
경 시인의 다섯 번째 시집이며, 가장 극적인 이야기 구조를 가진 시집이다.

e-mail: neve5@nate.com

양애경 시집
맛을 보다

발　　행　2011년 12월 26일
지 은 이　양애경
펴 낸 이　반송림
펴 낸 곳　도서출판 지혜
　　　　　계간 시전문지 애지
기획위원　반경환 이형권 황정산
주　　소　300-812 대전시 동구 삼성1동 273-6
전　　화　042-625-1140　팩스　042-625-1140

전자우편　ejisarang@hanmail.net
홈페이지　www.ejiweb.com

ISBN: 978-89-97386-01-7 03810
값 10,000원

*본 도서는 2010년 한국문화예술위원회 문학창작기금 지원을 받았습니다.